AF186746

Tucholsky
Wagner
Zola
Scott
Sydow
Freud
Schlegel
Turgenev
Wallace
Fonatne

Twain
Walther von der Vogelweide
Fouqué
Friedrich II. von Preußen
Weber
Freiligrath
Frey

Fechner
Fichte
Weiße Rose
von Fallersleben
Kant
Ernst
Richthofen
Frommel

Hölderlin

Engels
Fielding
Eichendorff
Tacitus
Dumas
Fehrs
Faber
Flaubert

Eliasberg
Ebner Eschenbach
Feuerbach
Maximilian I. von Habsburg
Fock
Eliot
Zweig
Ewald
Vergil

Goethe
Elisabeth von Österreich
London

Mendelssohn
Balzac
Shakespeare
Dostojewski
Ganghofer
Lichtenberg
Rathenau
Trackl
Stevenson
Doyle
Gjellerup
Hambruch
Mommsen
Tolstoi
Lenz
Droste-Hülshoff
Thoma
Hanrieder

von Arnim
Dach
Verne
Hägele
Hauff
Humboldt
Reuter
Karrillon
Rousseau
Hagen
Hauptmann
Garschin
Gautier

Defoe
Damaschke
Hebbel
Baudelaire
Descartes

Wolfram von Eschenbach
Dickens
Schopenhauer
Hegel
Kussmaul
Herder
Bronner
Darwin
Melville
Grimm Jerome
Rilke
George
Campe
Horváth
Aristoteles
Bebel
Proust

Bismarck
Vigny
Barlach
Voltaire
Federer
Herodot
Gengenbach
Heine

Storm
Casanova
Tersteegen
Gilm
Grillparzer
Georgy
Chamberlain
Lessing
Langbein
Gryphius
Brentano
Lafontaine
Strachwitz
Claudius
Schiller
Kralik
Iffland
Sokrates
Bellamy
Schilling
Katharina II. von Rußland
Gerstäcker
Raabe
Gibbon
Tschechow

Löns
Hesse
Hoffmann
Gogol
Wilde
Gleim
Vulpius
Luther
Heym
Hofmannsthal
Klee
Hölty
Morgenstern
Roth
Heyse
Klopstock
Kleist
Goedicke
Luxemburg
Puschkin
Homer
La Roche
Horaz
Mörike
Musil
Machiavelli
Kierkegaard
Kraft
Kraus
Navarra Aurel
Musset
Lamprecht
Kind
Kirchhoff
Hugo
Moltke
Nestroy Marie de France

Laotse
Ipsen
Liebknecht
Nietzsche
Nansen
Marx
Ringelnatz
von Ossietzky
Lassalle
Gorki
Klett
Leibniz
May
vom Stein
Lawrence
Irving
Petalozzi
Platon
Knigge
Sachs
Pückler
Michelangelo
Kock
Kafka
Poe
Liebermann
Korolenko
de Sade Praetorius
Mistral
Zetkin

Der Verlag tredition aus Hamburg veröffentlicht in der Reihe **TREDITION CLASSICS** Werke aus mehr als zwei Jahrtausenden. Diese waren zu einem Großteil vergriffen oder nur noch antiquarisch erhältlich.

Symbolfigur für **TREDITION CLASSICS** ist Johannes Gutenberg (1400 — 1468), der Erfinder des Buchdrucks mit Metalllettern und der Druckerpresse.

Mit der Buchreihe **TREDITION CLASSICS** verfolgt tredition das Ziel, tausende Klassiker der Weltliteratur verschiedener Sprachen wieder als gedruckte Bücher aufzulegen – und das weltweit!

Die Buchreihe dient zur Bewahrung der Literatur und Förderung der Kultur. Sie trägt so dazu bei, dass viele tausend Werke nicht in Vergessenheit geraten.

Herzog Ernst

Unbekannter Verfasser

Impressum

Autor: Unbekannter Verfasser
Umschlagkonzept: toepferschumann, Berlin

Verlag: tredition GmbH, Hamburg
ISBN: 978-3-8424-1428-0
Printed in Germany

Historie
eines edeln Fürsten
Herzog Ernst
von
Bayern und von Österreich

Mit 31 Holzschnitten

Im Insel-Verlag
zu Leipzig

Hie nach folget eine hübsche liebliche Historie eines edeln Fürsten, Herzog Ernsts von Bayern und von Österreich

Zu alten Zeiten besaß und hätt in Händen die fürstlichen Herzogtum zu Bayern und Österreich, als von rechtem väterlichem Erbteil, ein durchlauchtiger hochgeborener Fürste, mit Namen Herzog Ernst, der in beiden strenglich und friedlich, mit ganzer Achtung der Gerechtigkeit regieret. Der selbe Herzog, nach seiner adeligen Frommheit, geruhet, sich ehlich zu fügen und vereinen eine gar schöne und mit Tugenden wohlgezierte Fraue von einem gleich wohlgeborenen Geschlechte, und die hieß mit Namen Adelheid und war eines Königs Tochter, der hieß Lotharius, als man in Chroniken findet. Die gebar ihm einen überhübschen Sohn, den er mit dem Taufnamen sich selbst gleichet, und hieß ihn auch Ernestum. Darnach, über kurz vergangene Zeit, nach des Allmächtigen GOTTes rufender Schickung, ward dem Kinde, nach gemeinem Lauf des Leibes Natur, sein Vater von diesem Elend durch den Tod hingenommen: davon die Mutter Adelheid groß Leid und Schmerzen empfing. Doch hätt sie etwas große Freude und Wunnsamkeit in ihrem verlassenen adeligen Sohn. Der ward in Kürze von ihrer Schickung wohl unterwiesen und genugsam gelehret, und ward reden in Latein, Wälsch, in griechischer und auch in anderen Sprachen, und nun jetzt in mannlichen Stand gewachsen. Und war sie ihm auch mit allem ihrem Hofgesinde, auch den Herren in Bayern und in Österreich, das ihm von rechtem Erbteil zustand, fröhlich gehorsam. Wann als bald er Mannsnamen begriff, da war er aufrecht nach Leib und dem Gemüte, in aller Weisheit und Bescheidenheit, und begurtet sich mit dem Schwert des Adels, das mit der Blüte manicher Tugend zu glitzendem Schein gefeget und gekläret war. Der selbe adelige Jüngling, Herzog Ernst, tät in seine brüderliche Treu und Gesellschaft empfahen einen gutmächtigen und tugendreichen Grafen, der hieß Wetzel, und ihm nach Leibes Geburt nahe gefreundet war. Nach des weislichem Rate und fürsichtiger Hilfe er in kecklichen Werken und zierlicher Tugend zunahm, und als ein starkmütiger Leue seine Herrschaft, mitsamt seinem Hofgesinde, recht ordentlich regieret.

Soliches Lobpreisens und Zunehmens in tugendlicher Strenglichkeit freuet sich sehr seine edele Mutter Adelheid, und war die Wittib, die, nach Sankt Pauli Spruch, all ihr Hoffnung in Gott setzet. Und hielt sich Nacht und Tag in Andacht ihres Gebetes, und begehret durch die Werk der Barmherzigkeit wirken und zu halten ein himmlisch Leben, dardurch sie möchte endlich Gnad erwerben und kommen zu der Ewigen Säligkeit. Doch widerstrebet in ihr der himmlischen Begierde die Schwachheit ihrer Natur, ihr weltliches Wesen, ihre übende Jugend, Mehrung und Gewalt ihres Reichtums und zum Letzten manichfältige Anfechtung. Denn täglich kamen zu ihr viel Grafen, Ritter und andere, die des Geschlechtes, der Gestalt, Reichtum und Gewalt übertrefflich waren, die ihr, mitsamt ihrem lieben Sohne Herzog Ernsten, mit emsigen Treuen fleißiglich rieten, daß sie sich wieder zu ehlichem Stand durch Vermähln verheirate, daß sie mehr Erben gewünne. Des Rates tat sie doch in Gottes Hoffnung lang verziehen.

Wie Kaiser Otto sich mit Sankt Adelheiden ehlich vermählt

Zu den Zeiten regieret strenglich die Würden des Römischen Reichs mit kaiserlicher Gewalt der große Kaiser Ott, der vierundachtzigste von Augusto und der erste Kaiser des selben Namens. Der ward erwählet von Christi Geburt in dem neunhundert und dreiunddreißigsten Jahr und zum König geweihet zu Aachen. Er war geboren von Braunschweig, und sein Ahnherr war geheißen der alte Herzog Ott von Sachsen, geboren von Braunschweig. Des selben Herzogs Sohn, der Kaiser Otten Vater war, den nannte man den ersten Kaiser Heinrich, den Vogler; denn da ihn die Kurfürsten suchten, daß sie ihn zum König wählten, da funden sie ihn bei seinen Kinden, mit einem Garnnetze Vögel fahen. Nun, der selbe Kaiser Otte, von dem diese Historie grundlich gemacht ist, der gewann Straßburg und erstört und erbrach die mit Gewalt und gab ihr den Namen; dann vor hieß sie, als man sie noch in Latein nennet, Silbertal. Er überwand die Ungern zu Augsburg, eh daß er Kaiser ward,

9

in dem neunhundertsten und zweiundfünfzigsten Jahr nach Christi Geburt. Zu der Zeit lebet Sankt Ulrich Bischof zu Augsburg, als man das in seiner Legende und anderen Chroniken findet. Er machet auch ihm und dem Heiligen Reiche untertänig Ungern und teutsche Lande, Windisch, Friesen, Behaim und Mailand, Reußen, Lamparten, Calabrien, Apulien und Burgundiam, mitsamt viel anderen Gegenden und Volkes. Dann er ein Liebhaber war aller göttlichen und menschlichen Gerechtigkeit, darum er auch des Landes Vater war genannt. Der selbe Kaiser Otto hat auch gestiftet die ehrsame Stadt Maideburg, mitsamt dem Bistum, von seinem und des Reiches Gut, in der Ehre des Himmelsfürsten und ritterlichen Marterers Sankt Mauritzen und seiner Mitgenossen; das er in ewige Zeiten mit jährlichen Renten und Zinsen, Wiesen, Äckern, Weinwachs und ander Leibes Nahrung und Notdurft genugsamlich begabt und zum Aufenthalt der Gottes Diener überflüssiglich gesteuert hat. Darinne er auch begraben ward nach Christi Geburt neunhundert und in dem einundsiebenzigsten Jahre.

Da er dennoch war grünen in der Blumen seiner Jugend, ward ihm zugeeignet eine heiliglebende Hausfrau mit Namen Ottegeba. Die war wohlgezieret mit allen Tugendzüchten gen GOTT und den Menschen und war geboren aus dem durchlauchtigsten Stamme der Könige von Engelland. Und als Ottegeba etliche Zeit mit ihrem Gemahel, Kaiser Otten, gelebt hätte gütlich und in aller lieblichen Ehwürdigkeit, da rief sie Gott nach menschlicher Natur durch des Todes Botschaft von dieser Welt. Da begunnt der Kaiser, ihre Seele mit inniglichem und fleißigem Gebete Gott, dem obersten Kaiser, treulich befehlen, und die irdische Materie ihres Leibes in der vorgenannten Stadt mit ehrwürdigem Lobe und andächtiger Würdigkeit zu begraben.

Nun, etliche Zeit nach Begräbnis der sälig verschiedenen Kaiserin, Frauen Ottegeba, betrachtet er in seinem Gemüte das Wort Sankt Pauls, »daß besser wäre, ordentlich und ehelich vermähelen, dann böse Anfechtung und Begierde des Fleisches«; und daß auch ein ungetreuer Mann, der er doch nicht war, behalten würde durch eine göttliche und fromme Frauen. Hierum gedacht er und satzt sich für, mit einem gemeinen Rat seiner zusammen besandten Fürsten und Landsherren, um der Sach willen die obgemeldte Frauen Adelheid, Herzogin zu Bayern und zu Österreich, zu vermähelen.

Um solich treffliche Botschaft endlich zu vollenden, sandte er zu ihr Einen seines obersten Rates, dem, soliche Sache weislich auszurichten, wohl kundig und wissend war.

Da der Frauen Adelheid solicher kaiserlichen Majestät herrliche Botschaft gegenwärtiglich erschien und, mit Auslegung der kaiserlichen Begierde, unwissentlich fürkam, da erschrak sie von ganzem Herzen, soliche vor ungemeinte Botschaft zu hören, da sie in etlicher Maße möchte widersein den göttlichen Werken und himmlischem Leben, darinne sie sich vorher lange Zeit, besonders in ihrem Wittibenstand, tugendlich hätt geübet, und in künftiger Zeit willigen Fürsatz hätt, darinne zu vollharren. Darum besandte sie von Stund an ihre Landsherren und Räte, die, mitsamt Herzog Ernsten, ihrem Sohne, überein wurden mit fürsichtigem Rate, was zu solicher des Kaisers begierlichen Botschaft nütz und gut wäre zu antworten und zu tun. Die des ersten, als in solichen Sachen gewöhnlich ist, mancherlei fürnahmen und rieten; doch zum Letzten riet der edel junge Fürste, Herzog Ernst, der Herzogin als ein getreuer Sohn seiner Mutter, und auch sein getreuer Freund und Gesell Graf Wetzel, mitsamt allen, die mit ihnen zu Rat waren, durch Göttliches Einsprechen. Und wurden einmütiglich überein, daß die Fraue Adelheid unerschrockenlich sollte willig und solicher kaiserlicher Begierde nicht widersprüchig sein.

Da hub die Fraue an, ich weiß nicht, von was heimlicher Offenbarung, als ob sie künftige Ding wüßte, und redet also zu ihrem Sohne mit solichen Worten:»Mein allerliebster Sohn, ich fürcht sehr, werd ich dem Kaiser, nach deinem und anderen unserer Landgewaltigen Rate, durch ehliches Vermäheln zugeeignet, so möchte vielleicht zwischen ihm und dir strengmütigem Jüngling etliche Zwietracht und Uneinigkeit auferstahn, dadurch ich lebendig möchte in den Tod von großem Trauern verzehrt werden.« Darwider sprach Herzog Ernst:»Allerliebste Frau Mutter, solich sorgliche Furcht soll euch nicht abscheiden noch entziehen von ehlicher Vereinung des Hochwürdigsten, unsers Herrn, des Kaisers; denn mit gnädiger Barmherzigkeit GOTTes, des obersten Kaisers, so will ich mich in glücksamen und auch in widerwärtigen Sachen dem irdischen Kaiser dienstbar erzeigen, und allzeit willmütiglich ihm bereit sein. Und will ihn und die Seinen mit herzlautern Armen umbefahen, daß ich in den Augen seiner kaiserlichen Majestät früh und spat wohlgefällig bleibe, und in seinen stäten Gnaden gefunden werde.« Von solichen mannlichen Worten des jungen Fürsten, ihres Sohnes, ward die Frau Adelheid bestärkt. Und sanftmütiget soliche Härtigkeit zu geistlichen Sachen, die sie, mit Willen ihres Gemütes, hätt fürgenommen und etliche lange Zeit mit scheinbarlichen Werken erzeiget. Und durch seine vorgemeldte treffenliche Botschaft tät sie dem Römischen Kaiser Otten wiederum ihres Herzens Willmütigkeit kund und wissen, mitsamt dem Tage und Zeit, seine ehliche Begierde zu bestäten. Auf soliche, ihm wiedergebrachte Botschaft ward der Kaiser Otte von Herzen froh; und hieß von Stund an berufen einen gemeinen Hof allen Fürsten und seinen Lehensherren und anderen Edelen. Mit denen er kam mit großer Macht und Köstlichkeit, da die Frau Adelheid wohnet, die ihm wiederum mit gleichgroßer Weltwürdigkeit von ihrem Sohne, Herzog Ernsten, und anderen ihren Landsherren geantwortet und entgegen ward geführt.

Damit sie der Kaiser großloblich führet gen Mainze, daselbst er, mit allem höchsten Frohlocken und wunnsamen Freuden, nach kaiserlicher Macht die Hochzeit mit ihr vollendet. Darnach ritt ein jeglicher Gast, dannen er gefordert war, an sein Ende. Als nun der Kaiser soliche hochzeitliche Freude gar vollbracht, da ward er sich, von des Heiligen Reiches Notdurft wegen, an maniche Stätte, mitsamt der Kaiserin, fügen.

Und nach dem, ohn lang Verziehen, fordert er zu sich durch auserwählte Botschaft den edeln jungen Fürsten, Herzog Ernsten. Der kam zu ihm ohn Verziehen, nach Gewohnheit mit adeligem Zuge und wohlgerüsten Dienern. Und grüßet ihn der Kaiser, mitsamt seiner süßesten Mutter Adelheid, sanftmütiglich mit Fleiße, und empfing und redet mit solichen Worten zu ihm: »Du auserwählter Jüngling des Geschlechtes und wohlgezierter Fürste und nach deiner Mutter mein allerliebster Sohn, du sollst wissen, daß ich, um die Liebe deiner Mutter, die in allen Dingen sich meines Willens fleißt und pflegt, will dich halten für meinen lieben Sohn: Mit ganzer Begierde will ich dich, nach allem meinem Vermögen, bringen und fordern zu den höchsten Ehren, des du mir ohn allen Argwohn sollst getrauen. Hierum antworte du meines Herzens Liebhabung, daß die Christliche Kirche und das Heilig Römische Reich ohn

Mannschlacht, Mord, Rauberei und ander dergleichen Verwüstung mit GOTTes Verhängnis und deiner Hilfe unversehrt bleibe.«

Nach solichen freundlichen und trostlichen Worten begunnt der streng junge Fürste, Herzog Ernst, dem Kaiser große Dankbarkeit sagen mit Verheißen aller wahren Treue. Und da sie daselbst etliche Tag verharrten, da begabet der Kaiser und auch die Kaiserin, seine Mutter, den jungen Herzogen Ernestum, mitsamt allen seinen Dienern mit besunderen großen Gaben, die ihrer Mildigkeit und kaiserlicher Majestät wohlgeziemten, und ließen sie mit großem Wohlgefallen wieder heim von ihnen reiten.

Darum der fürstliche junge Herr, als ein strenger Ritter, gab sich in allen Nöten, die dem Kaiser anliegend waren, und entbot sich mit ganzen Treuen, und war ihm und den Seinen zu schirmen als eine feste Mauer, wo sich das gebührt, mit allen seinen Dienern. Und umfing ihn mit den Armen seiner wahren minniglichen Liebe, mitsamt dem tugendhaften Grafen Wetzel, nicht als ein Stiefsohn. Besonders erbot er sich, ohne Verdrießung treulich alles das zu mehren, das zu Nutz, Frommen und stattlichen Ehren dem Kaiser und dem Reich zukommen mocht. Also blieben sie in solich treuen unzertrennten Freundschaften und Liebe etliche lange Zeit, daß auch der Herzog Ernst war an des Kaisers Hofe in solicher ehrlicher Macht, als in seiner eigenen Herrschaft. Wie auch der Kaiser um sein getreues Mitwesen und freundlichen Wandel gebot, daß er der Nächste, nach seiner und der Kaiserin Person, in aller Ehrwürdigkeit von Jedermänniglich gehalten würde.

Hernach folget, wie Herzog Ernst ohn alle Schuld durch Heinrichen, einen Pfalzgrafen, falschlich gegen dem Kaiser dargeben und verraten war

Denn es geschah, daß Einer, des Kaisers innerster Rat, mit Namen Heinrich Pfalzgraf, anzündet den Ofen seines falschen Herzens mit dem Feuer des Neides und Hasses, ohn alle Ursache und Wahrheit. Und begunnt, durch wahre Lug, arbeiten und gegen dem Kaiser falschlich verklagen den getreuen Fürsten, Herzog Ernsten. Mit solichen Worten:»O ein gemeiner Vater dieses Kaisertums«, sprach er,»an dem, nach Gott, mein größte Hoffnung liegt, ich habe etliche heimliche und wunderliche, aber gar böshaftige Übeltaten an euer kaiserlichen Majestät Fürsichtigkeit zu bringen. Der ungetreue Herzog Ernst, den ihr an eures Sohnes statt liebhabet und an euerm Hof und Reich zunächst nach eurer Majestät, vor allen andern treuen Herren und Räten, ehrt, der betrachtet ohn Zweifel früh und spat, euerm süßen Leben den scharfen Tod zu tun, auf daß er ohne Mitgenossen euer kaiserlich Reich allein möge erblich besitzen. Und es sei auch denn, daß euer kaiserliche Majestät in Kürze das Geschoß

15

seiner Böswilligkeit fleißlich aufhalte und widerwende durch den Schild eurer bescheidenen Fürsichtigkeit, sonst geschieht, daß er durch den Bogen seiner Untreue euch hinterlistig treffen wird.«

Darwider sprach Kaiser Otte:»Mein lieber Bruders Sohn, diese fürgelegten Worte von dir sind zumal schwer und hart zu hören, und wenn mirs ein anderer sagte ohn dich, von meinem allerliebsten Sohne und getreuen Fürsten, so möcht und wollt ich sie nicht glauben. Aber ich hielte sie ganz für offenbar falsch erdachte und lugenliche Worte, und gäbe auch einem keinen andern Lohn um soliches Fürbringen, denn Abschlagen seines Hauptes. Denn durch die Sache gebührt mir zwiefaltiger Schade und großes Übel. Des ersten, Mißhellung und Uneinigkeit meines liebsten Sohnes und getreuesten Fürsten, zum andern Male unwilliges Leid meiner herzliebsten Frauen, der Kaiserin, so ich etwas wider ihn tun soll. Doch ist alles Trauen nicht allzeit sicher, darmit wir oft betrogen werden. Darum will ich vernichten und erstören seine schalkhaftig böse List, die ich von keiner andern Person glaublich aufnähme noch achten wöllt, denn von dir, meinem getreuen Freunde. Und ich will das gläsern und zerbrechlich Lob und Gunst, die er von mir hat, demütigen und niedern, denn um ihn wird fröhlich hallen mein blutiges Heerhorn.« Da sprach zu ihm der unwürdige falschratende Graf mit vergifter Zungen:»Mein gnädiger Herre, so es euch ein Gefallen ist, so vernehme euer Hochwürdigkeit zur Rächung solicher großen Missetat meinen treuen Rat. Diese Sache mag weder Rates noch Macht erwarten, und mag, um große Übel zu vermeiden, nach Vernunft nicht wohl gehandelt werden. Denn darinne möchten anstellige Wege gefunden werden, die endlich euern Gnaden und dem Heiligen Reiche zu bärlichem großem Schaden gemehret würden. Und das rede ich darum, daß ich euch bewahre und sicher mache gegen unser Frauen, die Kaiserin, zu der euere herzliche Lieb allzeit treulich wachend ist, daß euer Fürsichtigkeit ihr soliche, von mir heimlich verkündte Sache nicht zu wissen tue. Denn sie würde euern Sohn wider euch warnen und darmit stärken, von großer Lieb wegen, die sie in mütterlicher Treue zu ihm hat, mehr denn zu euch, nach aller Frauen Leichtmütigkeit. Aber heißet mir, durch euer bitliches Schaffen, einen zierlichen Zug zusammen bringen, und übet wider ihn die wohlverdiente Durchächtung. So will ich ihm, nach Maß seiner schuldigen Missetat, rechten Lohn erwidern.«

Solichem falschem Rate des Pfalzgrafen war der Kaiser unweislich folgen. Und brachte in kurzer Frist zusammen einen herrlichen Zug viel guter, streitbarlicher Ritter, mit denen er ihn, als einen Hauptmann, ohn Wissen der Kaiserin und seiner Räte, sendet, zu rächen solich falschlich dargegeben Übel an dem unschuldigen getreuen Fürsten, Herzog Ernsten. Des rühmet sich seiner schalkhaftigen Gewalt der übelmächtige Pfalzgraf, und mit Orlog, mit Rauben und mit Brennen und andern solichen Übeln wüstet er großmanigfältig das Land zu Österreich, das zu den Zeiten als rechtes Erbeigen zugehöret Herzog Ernsten. Und ohn ihres Herren Wissen berannte und besaht er auch die Stadt zu Babenberg mit großer Macht. Aber die Bürger, wiewohl sie sehr erschraken von solicher unbewarnter Besetzung, so empfingen sie ihre unbegehrten und unwerten Gäste gar unwilliglich. Und etliche, die sie vor unwissentlich beherbergt hätten in der Stadt, die itzo heimlich und offenlich wohlgewappnet, mitsamt dem äußern Heere, sie beschädigen wollten, der erschlugen sie gar viel zu Tode.

Da sie aber erkannten, daß soliche böse und unbeschuldte Übergewalt an ihnen geschah durch Heinrichen, den Pfalzgrafen, von des Kaisers Gebots wegen, da begunnten sie durch gewisse und behende Botschaft, ohn Verziehen, alle Sach ordentlich und grundlich ihrem Herrn, Herzog Ernsten, des sie waren, zu verkünden, und ihn fleißiglich bitten, daß er, als ihr Herre, treulich mit Eilen ihnen wöllt zu Hilf kommen.

Als ihn nun der Bote an viel Enden gesucht und ihn zum Letzten gefunden, und solich erschreckenliche Botschaft ihm verkündet hätt, des erschrak der Herzog mit großem Verwundern, wie oder mit was Sache er die klaren Augen kaiserlicher Majestät betrübt hätte. Und sprach mit weinenden Augen: »Nun bezeuge ichs mit GOTT, dem alle Herzen kund offenbar sind, daß ich, des Kaisers Ehre zu mehren und seines und des Reiches Frommen zu fördern, allen meinen Fleiß und ganzes Vermögen bisher hab getan, als ob er mein leiblicher Vater wäre. Und ich hätte eines Bessern von ihm gehoffet, denn ich doch meinet, daß ich verdient hätte.«

Und ohn Verziehen hätt er seine Heimlichkeit mit seinen Räten, was ihm in den Sachen zu tun wäre. Nun hätt er noch viel andere Schloß und Städte, die von des Kaisers Dienern noch nicht waren besessen noch bestritten. Zu denen sandte er nach Rat von Stund an seine Warnung und Diener, darinne er mit den Seinen, ob ihm des Not würde, Aufenthaltung und Zuflucht möchte gehaben.

Und sammelt in eines Leuen Mut
mehr denn drei tausend Ritter gut,
die furchtsam waren des Kaisers Schar
und trostlich der Stadt und kamen dar.

Und zu morgens vor Tag überrannt er die ungewarnten Feinde, und nahm ihrer keinen gefangen, sondern ohn Barmherzigkeit ertötet er sie, denn als viel ihm mit schmählicher Flucht kaum sieglos entronnen, mit denen der falsche Graf entwich. Also ward er seinen Bürgern wiedergeben, und von ihnen mit Fleiß und Treuen, doch gar kurzlich gegrüßet und empfangen.

Wenn wiewohl der Pfalzgraf Heinrich die unbegehrte Zukunft Herzog Ernsten groblich durch manichen Todschlag seiner Mitgenossen hätt empfunden, doch von Scham wegen nahm er an sich Manns Mut und sammelt die wieder, die mit Flucht dem Tod vor kaum entronnen waren. Und schicket sie ordentlich nach Streites Sitten, und gab sich wieder, großmütiglich zu streiten wider den Herzogen und die Städte. Desgleichen nahm der junge Herzog Ernst die dargebrachten Ritter, mitsamt den Bürgern zu Babenberg, die er auch zumal weislich ordnet und fürsichtlich anschicket, als sich zu Solichem gebühret. Und gar kurzlich, aber mit weiser Fürsichtigkeit, mahnet er die Seinen, kecklich zu fechten. Und zog mit ihnen aus der Stadt, dem Pfalzgrafen entgegen, als der ander fürstlich Judas Machabäus; und als ich sagen soll, so lag der Sieg zu beiden Seiten lange auf der Zweifelung. Doch zum Letzten, als sich das von Göttlicher Gerechtigkeit gebühret, behub Herzog Ernst mannlich den Sieg, doch nicht gar ohn große Schädigung seines Volkes: davon er und die Seinen, um soliche behabte Überwindung, zumal und billiglich gar froh waren, auch wohl belohnet von der Beute.

Und also kam aber der Pfalzgraf gar mit wenig seiner Diener zum andern Mal darvon mit schandlichem Leben, das er durch schmähliche Flucht gefristet hält. Und kam zu Kaiser Otten, und fiel ihm zu Füßen, und er mocht ihm seine Lasterklage vor weinendem Seufzen kaum und hart erzählen. Darwider der Kaiser ward gröblich entzündt mit freislichem Zorn, und drohet Herzog Ernsten und allen den Seinen den bittern Tod und Vertreibung des Landes. Und verhieß mit Gelöbnis, würde ihm das Leben verliehen, so wollt er solich ihm zugezogenen Schaden und unehrlich schändliche Sachen nicht ungerochen lassen.

Und da Herzog Ernst sah soviel Übels und Schädigung, die ihm an seinen Städten, Schlössern, Dörfern und Straßen durch kaiserliche Gewalt geschehen, und etliche ihm ohn Widersagen abgenommen und itzt von des Kaisers Dienern besetzt waren, da sandte er seinen strengen und fürsichtigen Boten zu dem Kaiser, der ihm weislich, mit seiner Entschuldigung, fürleget solich seine unverdiente Widerwärtigkeit.

Der Bot kam kurzlich dar gerannt,
da er den Kaiser Otten fand;
als das der Kaisrin ward bekannt,
daß ihn ihr Sohn hätt dar gesandt,
ein'n solchen Rat ihr Herz erfand:
Sie entbot dem Boten je zuhand,
daß er nicht ritte aus dem Land,
bis sie des Kaisers Meinung kannt'.

Also verhehlet die Kaiserin durch ihr fröhliches Antlitz ihre groß ängstliche Betrübnis und ging ein zu dem Kaiser. Und nach viel anderer Umrede fand sie Hübschlich Ursach, von ihrem Sohn, Herzog Ernsten, zu reden. Und hub also mit kläglichen Worten an und sprach:»Mein allerliebster Herre, der Kaiser, durch die Liebe GOTTes, des obersten Kaisers, und meiner Huld, begehre ich von eurer hochwürdigen Majestät demütiglich zu wissen, mit was freventlichen Sachen und Schuld mein liebster eingeborner Sohn die Augen euerer klaren Majestät betrübt und geletzt habe, daß ihr das selb, des ersten um GOTTes Lieb und Ehre, und darnach um meiner herzlichen Gebitte willen, ihm wollt vergeben. Oder daß ihr doch, nach Inhalt weltlicher Rechte, eine gemeine Sammlung der Fürsten und Herren, mitsamt meinem Sohne, berufet. Habe denn eure mächtige Gnad was billiger Sache wider ihn in klagweis fürzubringen, derselben er sich nach allen Rechten nicht genugsamlich nach

Notdurft möge versprechen und entschuldigen, daß ihr denn, nach strenger Gerechtigkeit und gemeinem Urteil der Fürsten und Herren, wider ihn Rachsal und Genugtun gänzlich von ihm fordert.« Der Kaiser, mit scheußlichem Antlitz, das er etliche Zeit gegen der Erden neiget, sprach zu ihr mit scharfem Zorne: »O Frau Kaiserin, ich habe dich zumal hold, aber deiner Gebitte widersprech ich gänzlich; denn ich han festiglich und endlich in mein Herz gesetzt, daß dein Sohn an mir nimmer mehr kein gute Gnad noch Willigkeit erfinden soll, seit daß er, als ich von Einem, meinem innersten Freund und Rat, in Treuen vernommen hab, um Besitzung des Reichs meinem Leib und Leben ein unvorsichtiges Ende vermeint zu geben, dem ich mich, als ein treuer Vater, in allen Sachen mit Fleiß erzeiget habe.« Da nun die Kaiserin vernahm so großen unmäßlichen Zorn des Kaisers, da schied sie mit Leide von ihm.

Und ging bald in eine Kammer, und fiel ganz zu der Erden, und rief an mit ganzer herzlichen Reue und inniglicher Andacht GOTT, der aller Betrübten Helfer ist in allen Nöten und Bekümmernis, und sprach also: »O du Kaiser aller Kaiser, den Zacharias, der alte Prophet, mit lieben Augen bezeichnet hat, in dem sein beschlossen die sieben Gaben des Heiligen Geistes, wiewohl ich eine Sünderin bin, doch bitt ich dich, tu mir zu wissen, wer meinen lieben Sohn gen dem Kaiser hab verklaget!« Eh daß die Kaiserin ihr Wort vollendet, da rief eine Stimme vom Himmel: »Heinrich Pfalzgraf, Kaiser Otten Rat, ist ein Ursach und Anfang des Verrates.« Von dem ward die Kaiserin traurig und mit innigem Weinen beweget; und sie eilet ein für dem Kaiser, neben dem sie den Pfalzgrafen sitzen sah. Und sprach mit sehr bitterm Weinen also: »O du aller gerechtester Richter Lebendiger und Toter, du Allmächtiger GOTT, siehe treulich an meine Trübsal, und räche sie, mit Verhängnis leiblichen Todes zur Buß über den, der mein Herze so schwerlich versehret hat mit unleidentlichen Schmerzen, in dem, daß er meinen liebsten Sohn durch lugenhaft und sündliches Versagen beraubt hat des Kaisers freundlicher Treue und Gnaden. O weh, Graf Heinrich, mein lieber eingeborener Sohn, Herzog Ernst, hat nichts Übels wider euch getan, darum euch not wäre, ihn so falschlich zu vertreiben von allem seinem väterlichen Erbe. Doch wißt fürwahr, ihr werdet fallen in die Grube, die ihr ihm gegraben habt.«

Darnach ging die Kaiserin, trat von dem Kaiser in ihre Kemnate, denn um solicher weissaglichen Worte empfing sie große Unwirschheit und Zorn des Kaisers. Und sandte heimlich nach dem obgemeldten Boten ihres Sohnes, und tät ihm kund nach Notdurft mit herzlichem Leide des Kaisers unversöhnlichen Zorn wider ihren Sohn, Herzog Ernsten, und daß ein mit Eilen in das inwendige Schloß des kaiserlichen Palasts, darinne itzt der Kaiser besonder Heimlichkeit seines Rates allein mit Heinrichen, dem Pfalzgrafen, hätte. Da stießen die Zween die unverriegelte Kammertür gar freventlich und ungestümlich auf und kamen unversichtiglich über den Kaiser Otten und den Pfalzgrafen, mit bloßen Schwertern; und mit allem freislichen Zorn und scharfmütiger Gierigkeit würgten und erstachen sie den Pfalzgrafen. Desgleichen sie auch vermeinten, dem Kaiser zu tun, war er nicht so behend mit Eilen über eine Bank in eine Kapelle darbei gesprungen, sonst hätten sie ihn des Lebens mit dem Reiche beraubt. Als nun Herzog Ernsten der lang begehrten Sache, des Pfalzgrafen Todes, nach Wunsche wohl gelungen war, da redet er soliche Worte:

»Nun sag ichs dem Kaiser keinen Dank,
daß er fliehend ist gesprungen über die Bank;

des ganzen Übels alleinige Ursach nur sein falscher Dargeber wäre, Heinrich Pfalzgraf. Mit dem schied der Bot von der Kaiserin, nicht ohn große Gabe.

Und kam mit Schnelligkeit gen Bayern gerannt,
da er seinen Herrn, Herzog Ernsten, fand

in einem seiner Schlösser. Dem tät er grundlich zu wissen des Kaisers unabwendbaren Zorn wider ihn, und daß ihm des Ursach und Mehrer wäre der Pfalzgraf Heinrich. Als der fromme fürstliche Herre, Herzog Ernst, das mit Schrecken höret, da antwortet er darzu demütiglich und sprach: »Sintemal uns der irdische Kaiser unverdienten Übels nicht verwiesen, noch schädlicher Sache vertragen will, so ist und ziemt uns, billig und bittlich anzurufen den Himmlischen Kaiser, *Gott* den Herrn, daß Er uns und die Unsern durch Seine Barmherzigkeit empfahe unter die Flügel Seines Schirmes.«

Wie Herzog Ernst dem Kaiser den Pfalzgrafen, seinen Verräter, an der Seiten erstach

Nach dem trachtet er nach dem Tode seines falschen Dargebers, und nahm zu sich seinen Freund und gesellgen Mitgenossen, Grafen Wetzeln, und auch den dritten, die alle Beid, samt ihm, hätten starkmütige Herzen, als die kühnen Leuen. Und sie saßen auf sonders erwählte und rasche Pferd, und ritten alleine, die Drei, von seinem Lande ein gen Frankreich; denn sie wußten wohl, daß der Kaiser Ott in Kürze würde einen großen gemeinen Hof haben zu Speyer. Dahin sie Dreie allein kamen, ohn andere Mitreiter, zur Vesperzeit, und sprungen da in des Kaisers Vorhofe von den Pferden, als ander Edelleute; die Tier der Herzog dem Dritten empfahl, damit sein zu warten; und er nahm mit sich seinen treuen Grafen Wetzeln, und gingen kecklich, doch schädlich gewagt, denn, Graf Heinrich, wär er hie bei dir blieben, ich wollt ihm des Unrechts durch dein falschlich Fürtragen, das ich weder um ihn noch um keinen der Euern verdient habe, soliches Widerlegen und Dank haben gesagt, daß ich des fürbaß von ihm möchte vertragen sein. Aber Du, o Allmächtiger und Barmherziger GOTT, wirke die Eigenschaft deiner milden Barmherzigkeit mit dem Grafen Heinrich also, wiewohl daß sein Leib, um seiner Bosheit Verdienen, zu dem Tode von uns gebracht ist, daß doch seine arme Seele ewiglich sälig werde.«

Das sprach er, und steckten wieder ein, und eilten Beid schnelliglich wieder aus dem Palast; und ihrer jeglicher sprang bald wieder zu Roß, und ritten gar rasch von dannen.

Da ward von Stund ein groß Geläuf, Rumore und Geschrei von Hofleuten, des Kaisers Dienern, und aller Männiglich, wie daß der Pfalzgraf ermordet und von Herzog Ernsten an des Kaisers Seiten erstochen wäre; als denn allweg des Übels böser Ruf wird eh ausgebreitet denn das Gute. Davon wurden bewegt die Landesherren mit allem Adel, die Fremden mit den Hofgenossen, die Bürger mit ihren Gästen: alle Nachbauern mitGesellen liefen zusammen und drungen mit Macht in den kaiserlichen Saal und fragten, wes, oder durch wen das Übel geschehen wäre. Da funden sie den Pfalzgrafen in seinem eigenen Blute umgewälzt, und mit abgehauenem Haupte und fern vom Körper geworfen, dort liegen.

Um das eilten sie alle, ohn Verziehen, ihrer Jeglicher an seine Herberge, und würfen ihren Harnisch an, und mit umgegürteten Schwerten und in die Händ genommenen Speeren, und eilten nach für die Stadt und suchten des Mordes Stifter, die sie endlich mit strenglicher Rachsal begehrten zu sahen. Aber die Nachtfinsternis und Furcht heimlicher Hinterhut des Herzogen machte ihnen Irrung, daß sie nicht ferne mochten noch durften reisen. Und zogen, alle mit gemeinem Rate, ein Jeglicher wieder heim an seine Herberge. Desgleichen Herzog Ernst und Graf Wetzel, mitsamt dem Dritten, ritten auch fröhlich an ihre Wohnung.

Da nun der Kaiser vernahm, daß soliche Übertreter und Letzer der kaiserlichen Majestät ungeschädiget entronnen waren, und daß seines Bruders Sohn, Graf Heinrich, gestorben wäre, da wütet er vor brennendem Zorne, und ging in eine Kemnate, und verhieß mit Gelöbnis, er wolle soliche Übertretung zu Morgens rächen mit strenglicher Rachsal. Und da Frau Adelheid, die Kaiserin, höret so ein behend ungewöhnlich Geläuf und Getümmel und zum Letzten vernahm grundliche Ursache dieses Auflaufs, da ging sie aus ihrer Kammer ein zu des Pfalzgrafen totem Körper und sprach also:

»Nimm wahr, Graf Heinrich, Frieds unwert,
meins Sohns, des Herzogen, scharfes Schwert
hat dir dein Haupt abgeschlagen,
des ich mit Weinen nicht sehr will klagen.
Deins Körpers Tod ist mir nicht leid,
Deiner Seele begehr ich Säligkeit.«

Des andern Morgens, nach dem, als der Kaiser seinen Freund, Graf Heinrichen, mit aller Würdigkeit kläglich zu Grabe bracht, da berief er alle Fürsten und Herren und legt ihnen für so grob und trotzlich gehandelte Frevel von Herzog Ernsten, die er so freislich wider kaiserliche Majestät hätt begangen. Darum sie alle mit gemeinem Rate Urteil gaben wider ihn und seinen Gesellen, Graf Wetzeln, daß alle Provinzien, Gegend, Land, Leute und Gut, liegend und fahrend, die ihrem Gebieten und gewaltiger Herrschaft untertänig wären, ihnen abgesprochen und fürbaß gänzlich in des

Kaisers Gewalt und Schatzkammer ewiglich geantwortet und gereicht sollten werden. Und daß sie Beide, von kaiserlichen Gebotes wegen, in allen Landen, Städten, Märkten, Gerichten und von Jedermänniglich bezwungen und in der Größern Ächte sollten gehalten sein. Nach kurzer Zeit tröstet sich der Kaiser seiner Fürsten und Lehensherren, die mit großer Sammlung ihm zu Hilf kamen, und zog gewaltiglich, mit dreißig tausend Mannen, in das Bayerland. Und mit der ersten streitlichen Ungestümigkeit berannte und beleget er des Herzog Ernsts Stadt Regensburg. Davon die ungewarnten Bürger soliche, ihnen unwerte und unwissende Gäste empfingen mit rostigen Schwertern; und grüßten sie zorniglich mit alten Hellebarten, und vergossen gar viel Blutes derer, die sie ertöteten, in das Erdreich. Davon des Kaisers Diener, freislich, von seinem Heißen wohlgewappnet, allenthalben die Stadt bestritten, und meinten, sie zu gewinnen. Wiederum die besatzten Bürger wurfen und schussen kecklich auf ihre Feinde von der Mauer Zinnen: Pfeil, Pfähle, Stein, Holz und viel desgleichen, damit sie ihren Feinden den Tod und sich selber Schirmung ihrer Stadt meinten zu schaffen. Also stritten sie stark zu beiden Teilen ritterlich lange Zeit widereinander, doch zum Letzten, mit viel Mannschlacht und Mord beider Teile, aber viel mehr auf des Kaisers Teil, ward also der Krieg zertrennet und eine Zeit geschieden. Denn es wurden aufgelesen auf des Kaisers Seiten mehr denn zweitausend Mannen, die sie allenthalben zu begraben führten. Auch viel anderer, die wund waren, der auch viel in kurzer Frist ihr Leben mit des Todes Ende beschlossen. Desgleichen begingen auch die Bürger kläglich ihrer Mitbürger Begräbnis. Und mit gemeinem Rate sandten sie einen gewissen ausgerichteten Boten auf einem raschen Pferde, durch den sie ihren Herrn, Herzog Ernsten, das erbärmliche Wesen und Gelegenheit seiner und ihrer Stadt, mit großem Zorn und herzlicher Unhuld des Kaisers, nach Notdurft verkündeten. Und begehrten fleißiglich von ihm, als von ihrem eigenen Herren, demütiglichen Rat und Hilf, und sonders eine unverzogenliche Zukunft. Von solicher schier verkündten traurigen Botschaft ward der zart liebe Herzog sehre betrübt, und schicket den Bürgern wieder ihren Boten, bei dem er ihnen seine Klage und kurzkünftiges Beiwesen verkündet mit treulichem Verheißen.

Hie reitet Herzog Ernst zu dem Fürsten, Herzog Heinrichen von Sachsen, und klaget ihm seine anliegende Not

Darnach, unverzogenlich, ritt er zu dem Fürsten, Herzog Heinrichen von Sachsen,, von dem er, mit seinen Dienern, gar gütiglich als billig war empfangen und gehandelt ward. Zu dem er in seiner Kemnaten heimlich, mit fließenden Zähren, sprach: »O des Geschlechtes und tugendreicher Sitten durchleuchtender Fürste und liebster Herre, zumal eine große schädliche Not bezwingt mich zu bitten und zu suchen – GOTT wöll, daß ich erhört werde! – eure tugendsame, übertreffende fürstliche Gnad, um viel Unrechts und schädliches Übels, das mir von Kaiser Otten ohn alle verdiente Schuld geschieht, des Auslegung und Ursache eurer Lieb gar zu lang wäre zu hören. Des auch nicht not ist, seit es oft, nach gemeiner Landes Umrede, euere Ohren berührt hat; und auch itzt er selbst, mit großem Volke und Macht, meine Stadt Regensburg umgeben hat, und viel meiner besondern Bürger und Diener itzo erschlagen.

Darum, mein edelster Herre und hochgeborener Fürste, als eurer
Weisheit wissend ist, wie genehm und trostlich sei eines bewährten
Arztes Rat und Hilf in schwerer leiblicher Krankheit, also ist auch
einem jeglichen Herzen Freude seines Freundes hilfliches Zusprin-
gen in ängstlichen Nöten Gutes und der Ehren. Hierum, edler Fürste, erzeiget scheinbarlich an mir in meinen unleidentlichen Nöten
die Klarheit eurer übertreffenden Tugend, und reicht mir freundlich
die Hand eures Rats und Hilfe, soviel, daß ich, unter gutem Schirme
eurer sichern Begleitung, möge kommen in meine Stadt Regensburg
und wieder heraus an meine Wahrung, zu vermahnen meine Bürger von Aufgebung der Stadt, doch daß ihnen der Kaiser, mit Lebens Fristung und Sicherung, vergünnte, mit ihnen zu nehmen, was
und wieviel ihrer jeglicher einsmals Gutes und ihrer besten Kleinod
tragen möge.«

Soliche seine ängstliche Not und demütiges, fleißiges Gebet sah
treulich an Herzog Heinrich von Sachsen; und von Stund an sammelt er allenthalben fünf tausend guter streitbarer Mannen. Mit
denen allen er bietlich schuf, bei seinen Gnaden und Hulden, daß

sie sich ließen treulich befohlen sein Herzog Ernsten, und ihn, mit Bewahrung nach allem ihrem Vermögen und mit ihrem Schirme wider des Kaisers und der Seinen, auch Jedermänniglichs Willen und Widerstreben, strenglich begleiteten und einführten gen Regensburg, und wieder heraus, und darnach an den Ort seiner sichern Bewahrung, als ob er es selbst wäre.

Er ritt auch selbst vor ihnen mit dar, und kam zu dem Kaiser Otten, von dem er, und von allen Fürsten und Herren, die um die Stadt lagen, zumal ehrlich empfangen ward. Aber da, durch gemeiner Leut Sage, der Kaiser und die Seinen vernahmen des Herzog Ernsts Zukunft, da hub sich ein übergroß Gestöber, und warf der Kaiser, mitsamt seinem Volke und Dienern, rasch ihren Harnisch an und empfingen ihre Waffen.

Als das Herzog Heinrich von Sachsen sah, da erschrak er etwas sehre, und hätt ihn nun gereuet, daß er so balde und unfürsichtiglich zu dem Kaiser war kommen. Doch verhehlet er solich sein Erschrecken und redet soliche listweisen Worte:

»Der groß Auflauf und Ungemach
des Volks ist gar ohn redlich Sach;
wir sind doch all itzt hergeritten,
zu dienen dem Kaiser nach Adels Sitten.
Wir halten gut Fried, ohn Feindschaft gar,
daß aber herkommt dieser Ritter Schar
mit trotzem Mut, die man nun sieht,
sind mein, und Herzog Ernstes nicht.

Hierum, mein gnädigster Herre, der Kaiser, von besonderer Hoffnung eurer tugendlöblichen milden Sanftmütigkeit, und von meinen viel manichen fleißigen Diensten, die ich dem Kaisertum oft erzeiget hab, so hab ich Herzog Ernsten mit Sicherheit wollen begleiten in seine eigene Stadt Regensburg, daß er seinen Bürgern und Untertanen rate, sich an eure kaiserliche Gnad zu begeben. Darnach er unter meinem Schirme wieder zöge in seine Wahrung. Und bitt demütiglich die Augen eurer kaiserlichen Klarheit, mir Soliches ohn Übel, mit eurer guten Gunst und Willigkeit, ohn Widerdruß und ohn meinen Schaden zu vergönnen.«

Wider solich sein Gebet setzten sich mit zornlicher Gebärde die stolzen Hofleute und jungen frechen Diener des Kaisers allgemeine; darum Herzog Heinrich von Sachsen zornlich von ihnen scheiden wollte. Doch gebot der Kaiser Otte ein gemein kurz Schweigen und sprach in Zornes Mute zu dem Herzogen von Sachsen: »Herzog Heinrich, soliche begleitliche Führung ist gar sehr von dir zu fürnehm und sehr zu gefährlich, und ist dem Heiligen Reiche und Uns und Unseren Dienern allzumal zuwider und unehrlich. Wann soliche Begleitung bedeutet nicht Fried und Sühne, fondern mehr streitliche Widerwärtigkeit. Denn der Schuldiger des Reichs, Herzog Ernste, als er vor meinen liebsten Freund, Heinrich Pfalzgrafen, an meiner Seiten wider kaiserliche Freiheit mordlich erwürget und erstochen hat, und dem ich durch Flucht in eine Kapelle kaum entwich, daß er mich, nach seinem Fürsatz, nicht ertötet, also meinet er auch itzo, durch Hilf so viel reitenden Gezeugs, mit dem er umgeben ist, wider mich und die Meinen zu fechten, und zu Schirme seiner Stadt streitlich Hand anzulegen.«

Das sprach er, und mit zornlichen Augen sah er um nach den Waffen, darvon ohn Verziehen kamen seine Diener mit großer Menge und freislicher Macht zu ihm. Da das der Herzog von Sachsen sah, da nahm er und seine Diener einen kurzen Urlaub vom Kaiser, und schieden in Unwillen und Widerdruß von ihm.

Als nun die freche Jugend der Bürger in der Stadt auf der Mauer sahen, daß solicher Zulauf zu dem Kaiser war seiner gewappneten Diener, als ob sie wollten streiten oder stürmen, und sahen auch Herzog Heinrichen von dem Kaiser eilen, den sie nicht bekannten, da wappneten sie sich rasch an und eilten mit strenglicher Mannheit heraus für das Stadttor mit ihrem Banner und mit kecker Großmütigkeit. Und ohn Zweifel hatten die umlegten Bürger großen Mord und Mannschlacht an des Kaisers Heere da begangen, hätt der Kaiser, von der Weisen Rate, nicht eine Frist und längern Frieden des Kriegs da angestellt. Denn ihm sagten seine Räte, geschähe, daß der Herzog von Sachsen sich gänzlich vereine mit Herzog Ernsten und mit denen von Regensburg, von solicher ihm verheißenen Begleitung wegen, die ihm der Kaiser mit zornlichem Widersprechen nicht vergönnen wollte, so würd der Kaiser und die Seinen groß schädlich Übel davon empfahen.

Darum hieß Kaiser Otte, ohn Verziehen, bald herwieder berufen Herzog Heinrichen von Sachsen und redet, als mit gesänftem Mute, soliche hübsche Worte mit ihm und sprach: »Lieber Herzog Heinrich, all Fürsten, meine Räte und Diener, haben dich von Herzen zumal hold, und raten mir, daß ich dir zu Willen werbe und vergönne, die Begleitung und Einführung zu vollbringen, die du Herzog Ernsten, Unserm und des Reiches Feinde, verheißen hast. Darum, edler Fürste, folg nach in Tugenden deinem Vater selig, und gedenk, zu halten deine treue Freundschaft gegen Uns und dem Reiche unbeschwächt, als wir die unverfrevelt und unzerbrochen an dir wollen halten.«

Also verhieß der Herzog von Sachsen dem Kaiser mit großer Dankbarkeit und Freuden, ihm seine Treue wieder wollen zu halten. Und er hieß da die Seinen, Herzog Ernsten, ohn Furcht und mit des Kaisers Wissen, Gunst und Willen, begleiten und gen Regensburg einführen, des Herzog Ernst zumal froh ward.

Und er ward von seinen Bürgern mit genähmem Fleiße gar treulich und schön empfangen und von ihnen gefragt, wo die aufrüstliche Ritterschar wäre, die sie vor, außerhalb der Stadt um, in Glanz und Glitzen hätten gesehen. Da antwortet er mit Seufzen und sprach:»Sie gehören nicht unter meine bietliche Herrschaft, aber sie sind Untertan und Diener Herzog Heinrichs von Sachsen, der sie mir in Treuen, zu meiner hilflichen Wahrung und sichern Begleitung herein zu euch, geliehen hat, die außen meines Wiederkommens warten.«

Als sie das hörten, da ward ihnen Trauern mit Traurigkeit gemehret, dann sie hätten Hoffnung in ihre Hilf gehabt. Zum Letzten, als ihm die Bürger erzählten mannigfaltigen übeln Schaden und Todschlag ihrer Mitbürger, da beweinet der Herzog soliche ihre große Bekümmernis und Mißhandlung mit herzlichem Mitleiden. Und sprach mit jämmerlicher Reue, mit kläglicher Stimme und weinenden Augen:»O ihr meine aller treuesten Freunde, der Wille, euch zu erlösen von solicher euch anliegender Bekümmernis und erbärmlichem Wesen wär gar ein guter in mir, aber die Möglichkeit zerrinnt mir. Darum rate ich euch mit guten Treuen, daß ihr begehret von dem Kaiser Fristung euers Lebens und fahrender Habe und besten Kleinod, als viel euer Jeglicher eins getragen möge, und daß ihr ihm die Stadt aufgebet. Darmit ich euch und alles, das euch zusteht, empfehl unter den Schinn des Allmächtigen GOTTes.«

Das redet er kurzlich, und schied sich kläglich von seinen traurigen Bürgern und von hübschen, zarten und herzbetrübten weinenden Frauen. Und kam mit großem Jammer wieder für die Stadt, da die Sachsen sein warteten, und ritt, größlich betrübt, mit ihrer Hilfe und Schirme wieder in seine Wahrung.

Und da nun der Kaiser sah, daß die Stadt, die itzo drei Monat beschlossen war, ohn Sturmzeuge und ander soliche Stiftung nicht mocht genommen werden, da hieß er, allenthalben abhauen große Wiesbäume und eichen Blöcke und Reiser. Daraus ließ er machen und bauen Gerüste, Bergfriede und ander listige Funde, die an ihrer Höhe gleichten der Stadtmauer, darauf ihre Schlingen, Geschosse und dergleichen.

Und mit großem Mute setzten das des Kaisers Diener in den Stadtgraben.

Darwider versuchten die Bürger, soliche ihnen schädliche Stiftung abzubrechen und zu verbrennen. Doch mochten sie das nicht zuwegen bringen, dann des Kaisers Helfer hätten gar viel Wehren und Gezeugs abgeworfen und zerstört, die die Bürger außerhalb der Stadtmauer hätten, ihnen zur Wehre, gesetzt und gebauet. Davon die von Regensburg großes Ungemach empfingen, des sie sehre erschraken. Und begehrten da einmütiglich, nach ihres Herrn, Herzog Ernsts, Rate, Fried und Sühne von dem Kaiser, das sie von Stund an erwurben. Und also darnach, mit Sicherheit ihres Lebens und Austragen ihrer besten Kleinod, als viel ihrer Jeglicher eines getragen mocht, ergaben sie sich ganz.

Und übergaben dem Kaiser die Stadt mit aufgeschlossenen Toren, daraus sie auch gingen mit herzlichem Jammer. Also besetzt sie der Kaiser bald wieder mit seinen Dienern und Lehensherrn, Amtleuten und Bürgern. Und nahm mit sich die übrige Menge des Volkes, des noch gar viel war, und auch die Gezelte. Und verbrannte vor alle Gerüst, Stiftung und streitliche Wehre, die die Seinen hätten vor der Stadt von seinem Heißen gemacht. Und ritt also fürbaß in Herzog Ernsts Land mit zornlichem Mute. Und nach viel Lobpreisung und kecklicher Vermahnung, die der Kaiser tat seinem Volke, die ich hie von Kürz wegen nicht beschrieben hab, da begabt er sie alle nach kaiserlicher Mildigkeit mit besondern Gaben, und teilet das Volk alles in drei Teile.

Den einen Teil tät er untertan Einem, seinem Hauptmann, den er, mitsamt dem Heere, sendet gen Österreiche; und schickt den andern Teil mitsamt dem Andern, seinem Fürsten, an die Ende, da die Donau fließet, die dem Herzog Ernsten zugehörten, daß sie die sollten kriegen, rauben, brennen und sie mit anderm schädlichen Zugreifen zwingen und verderben. Er nahm auch selbst den Dritteil des Volks mit sich und zog an die Gegenden, die an dem Leche liegen, die er mit Orloge und mit anderm Bösen schauerlich schädigt, schwächt und verderbet. Denn die kaiserliche Vernunft hält strengliche Schwermütigkeit mit weislichem Maß.

Und geschah also, daß Herzog Ernsts Güter, väterlich Erbeigen wurden zugeeignet und gezogen in des Kaisers Gewalt und Schatzkammer, der ihm seine Städte abgewann und zerbrach, seine Dörfer verbrannte und ihn gewaltiglich seiner Schlösser und Besten beraubte, die er mit seinen Dienern besetzet. Und also, doch nicht ohn große Schädigung seines Volks und Kaisertums, verderbet er Herzog Ernsten ganz und gar. Der auch, mitsamt seinem getreuen Freunde und Grafen Wetzel und anderen seinen Dienern, die auch groblich an dem Gute waren verderbt, und die, als die freidigen Leuen, starkmütig und keck waren, dem Kaiser seine Herrschaft, Güter und Volk minderten mit Mannschlacht,Rauben und Brennen, also, daß sie ihm auch etliche Schloß und Städte abgewannen und verdarben. Und verkauften also ihre unverdiente Kümmernis und schädliche Anfechtung Leibes und Gutes um manches edeln Fürsten Tod und anderer, ihrer Feinde, Blut Vergießen.

Wie Herzog Ernst das Kreuze an sich nahm, mitsamt ihm fünfzig Ritter, und fuhr über Meere gen Jerusalem

Doch verstund der edel Fürste, Herzog Ernst, wohl, daß kaiserliche Gewalt großmächtig ist und weit ausgebreitet, des er dieser Tage einst in Lebens Not möchte kommen. Und gedachte, es wäre besser, wenn er eine Zeit wiche dem kaiserlichen Zorn hie auf Erden, denn daß er stätiglich mit Kriegen, Mannschlacht, Rauben und Brennen, mit Mehrung der Sünde sein Leben verzehre. Darum er – es wäre dann, daß er hie in der Zeit GOTT, dem obersten Kaiser, durch reuige Beichte genug täte – mit den Werken ewiglich müßt verloren werden. Und sammelt in Kürze zusammen fünfzig Ritter, die von Geschlecht, Geburt, Gestalt und tugendlichen Sitten und Werken zumal adelig gezieret waren. Und mit kurzer Vorrede sprach er zu ihnen:»Allerliebsten Freunde und getreuen Mitgenossen der Ritterschaft, mich vermahnet gar viel Sache, daß ich etwann eine Zeit aufhören soll von der krieglichen Durchächtung, die ich, mitsamt euch, lange Zeit wider den Kaiser hab geübet und getan. Des ersten: daß ich Mangel und Bruch habe, an ritterlichem Solde auszugeben; zum andern Mal: zu gleicher Weise, als ein Schiff unter Weilen von dem ungestümen Winde etliche Zeit aufwärts wider des Wassers Lauf mit Schwimmen widerstände, es wolle oder wolle nicht, so muß es weichen und fließen kleine Zeit, wo es des Windes Kraft hinschlägt und treibt. Also, wiewohl daß die Kraft des Kaisertums unbillig und unverdienlich wider mich strebt und streitet, so mag ich doch größerer Gewalt nicht allzeit widerstahn. Die dritte und die größte Sache, die mir am allernötigsten ziemet: daß ich GOTT, den obersten Kaiser, Dem ich Sein menschliche Kreatur so mannigfaltig Hab getötet, wieder versöhne. Denn ich weiß nicht den Tag oder die Stunde, wenn GOTT, der strenglichste Richter, kommt und an die Türe meines tötlichen Leichnams klopfet, und mich vielleicht schlafen findet in der Missetat so mannigfaltiger Mannschlacht und anderer meiner sündlichen Ungerechtigkeit; darum Er mich ausschließe und verstoße von dem Abendessen Seines Göttlichen Hausvaters. Das selbe Urteil des strengen Richters fürchte ich zumal sehre, und habe mich, mit willigem Fürsatz, bedacht, daß ich wölle, um genugzutun für meine Sünde, heimsuchen und nach Christlicher Gewohnheit fleißiglich anbeten und andächtiglich ehren die Stätten der Geburt Christi, Seines bittern Leidens, Seiner Heiligen Urständ und auch Seiner würdigen Auffahrt gen Himmel. Nun bedenkt euch itzo daraus, was ich begehre, oder was ich euch rätlich vermahne!O ihr aller mein getreuesten Freunde, sintemal, daß ihr mir wider den irdischen Kaiser, der wider mich des ersten unverdientlich und darum unbilliglich zornig ist gewesen, als Gesellen in Treuen und Freuden, in Ängsten und Nöten, zu Gerechtigkeit und Ungerechtigkeit – nach dem, als es sich gebühret – geholfen und mit Arbeit beigestanden: also viel mehr vermahne ich euch alle sehr bittlich mit demütigem Fleiße zur Versöhnung des Himmlischen Kaisers, der um gar billige Sache größlich wider uns erzürnet ist. Denn wir haben Ihm Seine Glieder abgeschlagen und ertötet, der da ist ein Haupt aller Christenheit. Um Seine Lieb und um meine Huld, der ich etwann euer Herre bin gewesen, aber itzt euer Mitgeselle, flehe ich euch, mit mir heimzusuchen soliche obgemeldte Stätten, und daß ihr euch in Kürze wollt zu dem Weg fertigen!«

Von Stund an gaben sie alle, willmütiglich und durch GOTTes Einsprechen, und einmütiglich ihre Gunst darzu; und nahmen alle, des ersten Herzog Ernste, darnach Graf Wetzel, mitsamt den anderen allen, aufgehefte Kreuze an sich, und baten den Gekreuzigten GOTT, Jesum Christum, daß Er ihnen, durch Mitteilung Seiner Göttlichen Gnaden, gäbe solichen guten Willen, strenglich. Ihm zu Lob und zu Ehren, mit den Werken zu vollbringen, nach Nutz und Frommen ihrer Seelen. Daß aber Niemand gedächte, als denn in solichen Sachen gewöhnlich ist, daß sie das von bezwungenlicher Not der Arbeit mehr täten, dann um GOTTes Lieb und Ehre, so ließen sie sich von Neuem bereiten und machen alles streitbarliche Gezeug, was zu dem Streite bequemlich und not mocht gesein.

Soliche Verwandlung des strengen Fürsten und Herzogen, die GOTT an ihm hätt gewirkt, ward gemeinlich ausgerufen, und von Jedermänniglich vernommen, wie daß er, um GOTTes Willen, wöllt mit einem ritterlichen Heere fahren in das Elende, und wöllt, um Gnad zu erwerben durch sein Gebete, treulich und mit Andacht heimsuchen die Stätten jenhalb des Meers zu Jerusalem, da GOTT unser aller Heil durch Sein bitters Leiden hätt gewirket. Diese Märe machte seinen Freunden ein groß Trauern und seinen Feinden frohlockende Freude und Wunnsamkeit.

Da das die Kaiserin, seine Mutter, vernahm, da sandte sie ihm fünf hundert Mark Silbers und viel Pelze grauer und bunter Farbe, die mit kostlichem Purpurkleide waren überzogen, und sonst viel kostliches Gewands von Seiden, mit Golde zierlich benähet: das er mit großer Dankbarkeit von seiner Mutter Adelheid nahm, und mitteilet es seinen Mitgenossen.

Nach kurz vergangener Zeit kam der gesetzte Tag der fürgenommen Wallfahrt. Da kam zu dem Herzog Ernst eine große Menge Volkes, und besonders die vorgemeldten fünfzig Ritter; und baten ihn fleißiglich, daß er sie seiner Wallfahrt gen Jerusalem wolle lassen Mitbrüder sein und seine Diener. Da lobet Herzog Ernst GOTT, dem er, mitsamt ihnen, großen Dank saget von ganzem Herzen für solichen ihren guten Willen. Und er nahm sie also süßmütiglich auf in seine brüderliche Gesellschaft.

Hie fuhr Herzog Ernst mit seinen Rittern von dem Land und kam des ersten gen Ungern, da empfing ihn der König mit allen seinen Mitbrüdern gar schön

Zum Letzten, nicht ohne groß Zähren Vergießen, schieden sie sich von ihrem süßen Vaterlande, und kamen also des ersten gen Ungern. Da empfing der König von Ungern den Herzogen mit allen seinen Mitbrüdern mit großer Würdigkeit. Und entbot ihnen Zucht, Ehre und treue Freundschaft, und begabet sie nach dem, als seiner königlichen Majestät wohl gezam, mit großen Gaben. Und geleitet sie, mit seiner guten Sicherheit, durch den langen Wald, der da geht durch Bulgaren Land, durch seine besondern Geleitsleute und Voten, denen der Weg wohl kund und wissend war, bis in der Griechen Land. Darnach sie schier kamen gen Constantinopolim.

Der selbe Kaiser von Griechenland empfing sie auch außermaßen würdiglich, und hieß, sie durch seine Kämmerer und Amtleute genugsamlich fürsehen in aller Notdurft. Und er hätt Herzog Ernsten zumal hold, darum, daß er dem Römischen Kaiser, der ihn des ersten unverdienter Sache durchächtet, so kecklich und ritterlich widerstund. Und er ehret ihn allermeist um soliche seine Strenglichkeit. Also blieben sie zu Constantinopolim drei Wochen, denn sie mochten nicht gehaben Kiele, die groß genug und geschickt wären, eine soliche Menge und Heer des jungen Volks und ihrer Waffen und anderer Notdurft zu führen.

Zuletzt kamen unmaßen große Kiele, die von dem Kaiser von Constantinopolim mit Waffen und andrer Notdurft und Speise, die ihnen lange Zeit mochte klecken, überflüssig beladen wurden. Und wurden auch die Schiff und ihre Gerät wohlbewährten Schiffmeistern empfohlen. Und die zwo Schiffseiten versehen und wohl angeschickt mit guten Rennschifflin. Und die Häuslin oder Unterscheid, darein man den Kaufmannschatz beschloß, und die Ruderlöcher gemacht, und die Sitzstühle, darauf die Schiffleut saßen. Da ward auch aufgericht der Mastbaum zur Aufentfaltung der Windfahnen und gar stark eingesteckt in sein Untergerüste. Darnach ward die Wetterfahn oben an die Helmstang geheft, und darzu bereitet eine Winde mit allen notdürftigen Stricken, die oben zwiefach gingen durch der Winden Löcher, und unten waren zween zusammen gefügt, darin der Windbaum umging. Auch wurden dar geschickt die Stühlruder und Steuernagel, die Haken, darmit man die Schiffstricke an dem Gestad heftet. Item: die Anker, das sein eisern Zahn oder Pfähl, darmit man das Schiff heftet in Meeres Nöten. Und sonst viel Gezeugs, darmit das Schiff geführt wird und zugeschickt zu dem Gestad. Und große Segelfahnen, der ein groß damitten in dem Kiel an das Riegelruder geheft war, und der ander, der geheft war an das Hinterteil des Schiffs, und der dritte an dem Anfang des Schiffs. Auch wurden die Seiler bereitet, darmit sich die Schiffleut behulfen in Ungewitter, und auch das Seil, darmit das Vorderteil des Schiffs wird an das Hinterteil in Nöten gebunden. Item: ein Strick, darmit das Riegelruder an den Segelbaum gebunden wird, und der Strick, darmit man das Schiff an dem Gestad an den Pfahl bindet. Auch ein leinen Seilin mit einem bleien Kügelin, mit dem man des Meeres Tiefen bewährt.

Die und viel anders Fürgezeugs, uns unbenennlich und unbekannt, wurden getragen in Herzog Ernsts und seiner Mitbrüder

Schiffe. Und Griechen gesellten sich zu ihnen mit ihren Kielen, die mit brüderlicher Gesellschaft die Wallfahrt mit ihnen wollten fahren. Da band man also zuletzt das Regierfähnlein an, und da Herzog Ernst und die Seinen dem Kaiser der Griechen großen Dank sagten um viel Gutheit, Zucht, Ehre und liebliche Freundschaft, die er und die Seinen ihnen erzeigt hätten, da wurden sie aber von ihm begabet mit übergroßen Gaben.

Also empfahlen sie sich, und was ihnen zustand, dem Allmächtigen GOTT, und lösten ab die Stricke an dem Gestad und breiteten hoch auf die Segelfahnen, und fuhren fröhlich dahin über das Meer. Aber sie hätten nicht lange Tag Freude. Denn nach fünf Tagen erhub sich zumal ein groß Ungewitter auf dem Meere, davon die ganze Sammlung der Schiffe ward niedergezogen. Und ertrunken und verdurben da zwölf Schiffe, mit denen auch die zarte edel Jugend der Griechen, die sich dem Herzog Ernsten um seine Frömmigkeit hätten zugesellet, untergingen und ihren letzten Tag endlich so beschlossen. Aber des Herzogs Kiele und die, die sich in deutschen Landen brüderlich zu ihm vereint und gesammelt hätten, die wurden auf des grimmen Meeres Ungestümigkeit hin und her geworfen. Also, daß er, mitsamt seinen Mitbrüdern und Rittern, unaussprechenlich und unleidentlich, und von des Ungewitters Kraft, stetiglich Tag und Nacht viel Übel litt. Und zeiget das Schiff ihren Augen stetigen verderblichen Untergang. Noch war ihnen, über das alles, gemehrt ein groß erbärmlich Übel, das sie mit Trauern erfüllet: daß sie ihre treuen Gesellen und Mitbrüder, so kläglich in dem Meer ertrunken, hätten verloren. Zum andern Mal: daß sie itzo viel Bruch und Mangel hätten an Speis und Leibes Nahrung, die ihnen itzo anhub zu zerrinnen. Und als denn in solichen letzten ängstlichen und mannigfaltigen Nöten gewöhnlich ist, da riefen sie an, mit ganzer herzlichen Andacht, des Allmächtigen GOTTes Hilfe. Da sah GOTT der Herre von der Höhen der Himmel an ihr demütiges Flehen und erhöret sie mit Seiner Gnaden Hilfe in ihren ängstlichen Nöten.

Wie sie in das Königreich Agrippam und wieder daraus mit großem Streite kamen

Wann eins Morgens früh ward es nach Wunsch gar heiter und windstill, und das Wetter gestüme und das Meer geruhet. Da sahen sie, gar von fern, eine Gegend oder Land, das, vielleicht von Namen seines Fürsten, Agrippa war genannt. Des wurden sie zumal froh, und mit starkem, fleißigem Ziehen der Ruder teilten sie das Meerwasser und hofften, eine zukünftige Zulandung zu finden: das sie auch, schier nach Begierde, mit GOTTes Hilfe funden. Und sie sahen des ersten an eine gar schöne königliche Stadt, die außermaßen wohl bewahrt war mit einer gar hochfesten und dicken Mauer. Und übermeisterlich wohl gezieret und gepflastert mit manicherlei natürlichen gefärbten Marbelsteinen, deren ein Teil waren grüne, die anderen schöne rot, die dritten hübsch dunkelbraun und etliche gar schön weiß, mit denen auch die Stadt ganz mit liebsichtigem Schauen umgeben war. Es ging auch rings darum ein tiefer, schöner und weiter Graben, der auch, nach Lust und Wunsch, mit lauterklarem

Wasser wohl war bewahret. Aber auf der Stadtmauer, zwischen den Zinnen, waren viel kluger Schießerker gar wehrlich, und viel hoher Türme wohl erbauet, die zumal sehr kostlich alle mit Zierlichkeit waren übergüldet. Und zu der selben Zeit war die Stadt von ihren Bürgern, die von Geburt zwiegestalt waren (als hernach wird gemeldt), ganz leere und verlassen.

Da hieß Herzog Ernste, die Segelbäume mit ihren Fahnen ablassen, auch die Anker oder Heftpfähle in das Wasser senken, und die Rennschiff (oder Züllen) los lassen. Und sprach zu seinen Mitrittern: »O meiner vergangnen Trübsale, und, daß Gott wolle, meiner künftigen Tröstung! Liebsten Brüder und Mitgesellen, mir gefället gar wohl, sintemal daß uns die GÖTTliche Barmherzigkeit von des tiefsten Meeres Flüssen hat erlöst und uns hergeführt in dies gute fruchtbare Land und Erdreich, daß wir denn in dieser Stadt unsere Nahrung suchen; also, daß ihr all mit Eilen euch wappnet und eure Schwert kecklich auf eure Hüfte gürtet. Und daß wir versuchen, ob der König und Herre dieses Landes sei ein Christenmensch, oder ob das Volk irre in dem Unglauben der Heidenschaft. Und ist, daß wir erfinden, daß sie unsers Glaubens sind, so sollen und wollen wir, durch Bitte und Geld, als billig ist, unsere nötige Leibes Nahrung von ihnen bitten und gütlich fordern und kaufen. Sind sie aber GOTTes und der Christlichen Kirchen Feinde und Ungläubige, so sollen wir mit Kraft des Streites, es sei in Lieb oder Leide, unser Nahrung bezwungenlich von ihnen erholen. Denn sintemal, daß wir selbst unsers Vaterlands Leute, Freunde und Gutes haben verziehen, um GOTTes Ehre und um das Ewige Reich durch guten Willen uns in pilgrimsweis in das Elende haben geben, so wollen und sollen wir um und in Christlichem Glauben gern sterben. Darum, empfahet eure Waffen keckmütiglich! Das ziemt mir als nütz und auch viel besser, denn daß wir, ohn Tugend trüglich, von Hungers Not in dem Kiele verderben.«

Sie gaben, ohn Verziehen, solichem Rate all ihre Gunst und Wohlgefallen, und wappneten sich rasch an, und fuhren bald aus. Des ersten Graf Wetzel, der trug vor ihnen, als der Herzog Ernst ihnen empfahl, ein schön rot seiden Fähnlin, zu bedeuten das Leiden Unsers Herrn Jesu Christi.

Und ging also mit Großmütigkeit die kecke ritterliche Jugend zu Fuße mit dem Herzogen über das Feld, das denn war zwischen der Stadt und des Meeres Gestad, und kamen schier für die Tore. Die funden sie ganz offen und unbeschlossen, das sie, mit etlichem Schrecken, nicht genug verwundert. Und wiewohl sie niemand sahen wider sie streiten, noch in Wehre, doch, als ihnen der Herzog gebot, stunden sie eine kleine Zeit stille.

Da sprach Herzog Ernste: »O ihr lieben Mitbrüder, als ich mich verstehe, so ist die Öffnung der Stadttore nicht ohn Untreue und große Hinterlist der Bürger darinne. Denn sie meinen vielleicht, wir sollten unfürsichtiglich hinein ziehen. so wollten sie uns alle sahen und ertöten. Darum gedenket an euern angebornen Adel und ähnliche Strenglichkeit, und betrachtet die itzo uns gegenwärtige Angst und Hungers Not, und haltet euch mit ganzem Gemüt und Leib bei einander unzertrennt! Und geht, nach der Fahnen und GOTTes und meinem ritterlichen Zeichen, bis zu dem Stadttore! Und ist, daß Jemand heraus kommt, wider uns zu fechten, so bezwingt und treibt sie, mit kühner Macht, gewaltiglich wieder in die Stadt! Und, mitsamt ihnen, überlauft die Stadttore und dringet nach ihnen hinein! Und ohn alle Barmherzigkeit, ob ihr sie itzo an euch habt, so kehrt sie zu Scharfheit, und schlagt und stechet alles, das euch begegne, Junge und Alte, Mann und Frauen. Was gescheh mehr? In solichen Hungers und Furcht Nöten ist mehr zu brauchen Kraft kecker Werke, dann kluge Rede.«

Von Stund an, als er das geredt, mitsamt dem Bannerführer, Grafen Wetzeln, dem sie alle strenglich nach folgten bis durch das erste Tor, das innerhalb der Schranken war, und berannten kecklich das Stadttor. Da funden sie Niemand, der ihnen den Eingang wehrte, weder innen noch außerhalb der Stadt. Also gingen sie fröhlich, mit lautsingender, wälscher Stimme, die bis gen Himmel erhallet, ein da mitten in die Stadt. Da funden sie einen königlichen großen Saal und Haus, das zumal wohl war gezieret. Und waren die Stuhl und Bänke herrlich bedeckt, die Tisch und Scheiben mit dreifaltig gewirkten Purpurtüchern aufgebreitet. Und waren unsäglich schön dargelegt und kostlich bereit mit allerlei kostbarlicher Speis. Es waren auch die Schüssel und Teller all von lauterm Silber, die Köpfe und Becher, daraus man trank Wein und Met, Bier und allerlei Getränk, mit denen sie all gefüllet waren, die waren all von reinem, klarscheinendem Golde.

Da sprach aber Herzog Ernst zu seinen Mitbrüdern: »O ihr liebsten Gesellen, ihr sollet, mitsamt mir, GOTT dem Allmächtigen, Der aller Gutheit ein getreuer Belohner ist, groß Dank, Lob und Ehr sagen, der mächtig ist, uns. Seinen Dienern, in der Wüsten die kostbarlichen Tische zu bereiten in dieser Stadt. Doch, als ihr mir vormals allzeit williglich gehorsam gewesen, also folget mir nun itzo auch! Und nehmt dieser Speise und Getränks, als viel euch zu leiblicher Nahrung und Kraft notdürftig ist! Aber Gold, Silber und Purpurgewand verschmähet, und laßt das ihren Herren! Denn GOTT versucht uns, ob wir nicht hitzig seien in der Begierlichkeit, die eine Wurzel ist aller Übel. Euer Bescheidenheit soll auch fürwahr, ohn Zweifel wissen, daß die Bürger dieser Stadt und die Einwohner der Insel nicht fern Wegs sind gezogen, und daß sie in Kürze werden kommen. Hierum, speiset euern müden Leichnam nach Notdurft, und nehmet darnach Speis und Trank zu unserer künftigen Nahrung! Die traget ohn Verziehen in die Schiffe!«

Dem Rat des Herzogen folgten sie alle mit Freuden, und aßen und trunken nach Lust und Notdurft ein gut Genügen. Da sie nun sattlich gelöscht Hungers, Durstes und Leibes Not, da begunnten sie, von Fürwitz beschauen und besehen manicherlei Ende und Gassen der schönen Stadt, die sie allenthalben funden mit Gold und Silber kostlich gemacht und gezieret, und mit hohen Häusern schön aufgebauet, die auch alle gemeinlich mit Gold, Silber und edelm Gestein und kostlichen Kleinoden, mit übertreffenden meisterlichen Arbeiten und Kunst waren visiert und vollbracht. Und war gemeinlich in jedem Hause soviel allerlei guter Speis und Tranks bereit, als oben von dem Königlichen Saal ist beschrieben, daß sie einem mächtigen Kaiser oder Könige mit gar einem großen Volke wohl genugsam wären gewesen.

Die Gäste folgten aber fürbaß ihrem Herrn, dem Herzogen, und trugen der Speis und Getränke in ihre Kiel, Schiffe und Züllen, als viel ihnen ein halbes Jahr genugsam mochte sein. Und ruheten da all mit Freuden in dem Kiele auf dem Meere.

Da nun der Herzog eine kleine Zeit geruhet, da bat er den Grafen Wetzeln, daß er allein mit ihm ging in die Stadt, zu erfahren subtiler das Wesen und Gelegenheit der Stadt. Und gebot seinen andern Gesellen, ob sie etwas verstünden oder hörten, mit Aufmerken, einen streitlichen Auflauf, daß sie dann von Stund, mit vorgetragnem Banner ihnen zu Hilf kämen.

Also gingen die zween großmütigen Fürsten und Ritter alleine wieder in die schöne Stadt, und nach dem, als sie mit größerm Fleiß denn vor durchschaueten die Gelegenheit der Stadtgassen, viel schöner Herbergen und manicherlei seiden und sammetne Kleider und kostlicher Kleinod, (davon ich von Kürze und Etlicher Unglauben wegen hie nicht schreiben will), da kamen sie zum Letzten in einen schönen, lieblichen und unermeßlich großen marbelsteinern Saal, der zumal wohl gefüllet war mit gar zierlichem Hausrate und Kleinoden. In dem zunächst stund eine königliche Kammer, die mit geläutertem Golde und edelm Gesteine unaussprechenlich war gezieret. Item: es waren darinne zwei übertreffenlich schöne Betten, wohlgezieret mit aufgebreitetem unschätzlichem Bettgewande von seiden Lailachen und Kissen, und bedeckt mit kostlichem Sammet und Damaste.

Als sie durch die Kammer kamen, da gingen sie unter ein liebliches schönes Sommerhaus, das war mit grünenden Zederbäumen besetzt und mit allerlei lustigen Bäumen gepflanzet. Darinne war auch ein sanft aufwallendes und fließendes Wasser, das seine Anschauer durch seine Klarheit beweget, daß sie es gern sahen. Der selbe schöne Fluß ging ein durch zwei lustige Rohr in zween gulden Zuber, mit solicher kunstreichen Arbeit. Welchen lustet, daraus zu baden, der mochte, nach seinem Willen und Wunsch, haben kalt oder warm. Durch solich lustig Einlaufen des klaren, lautern Wassers in die schön gulden Zuber ward Herzog Ernst bewegt, daß ihn zumal sehr lustet, daraus zu baden. Und brachte auch den Grafen Wetzeln durch freundliches Reizen und Bitten zu solicher Begierde des Bades. Also, ohn Verziehen tat ihrer Jeglicher genug seinem begierlichen Willen in dem lustigen Bad, darinne sie abwuschen ihren Schweiß. Und gingen darnach wieder ein in die königliche Kammer, und leget sich ihrer Jeglicher an eins der kostlichen Betten. Nach dem, als sie nun, nach Zeit und Statt, genug hätten geruhet, da gingen sie heraus und legten an ihr Gewand und bewehrten sich mit ihrem Harnisch und Waffen.

Da sahen sie von Stund durch ein vergittertes Fenster ein groß mächtiges Heer von des Meeres Gestad her auf Pferden reiten. Dann der König des Landes und der Stadt war zwiegestalt, also: von der Sohlen bis an die Achsel war er als ein andrer Mensch, und das Oberteil eines Kranichs Gestalt. Der hätte, mitsamt allen seinen Bürgern, die ihm von Natur und Gestalt gleich waren, gefangen und genommen, durch streitliche Gewalt, eine minnigliche, zarte, schöne Jungfrauen, die war eine Tochter des Königs von India, der sie, bei seinen Dienern, eines andern Königs Sohne hätt gesandt zu vermählen, die sie zu der Hochzeit sollten antworten dem andern Könige in sein Land. Der König von Agrippen, als er die Tochter und den Sieg mit seinen Bürgern hätt gehabt, da zog er wieder in seine schöne Stadt, die vor leere und leutlos war. Denn er hätt, bei Leben, Jedermänniglich ausgeboten, zu nehmen und zu fahen die junge Königin, die ihm denn vor erspähet war. Die selbe war nun zierlich bekleidet mit schönem und kostlichem Gewände, mit Gold und Perlen übernähet. Und führten sie zu beiden Seiten zween zwiegestalte Mannen, die auch mit so kostlichem Gewande bekleidet waren. Und die führten an sich zween, gar wunderlich stark gemachte Bogen, gar kostlich eingefasset. Und hätten bei sich unzählige Menge der Diener, mit denen sie waren umgeben. Und vor der zarten schönen Dirne da gingen, nach ihrem Maß, zween der Edelsten, die trugen vor ihr, für der Sonnen Glaste, ein aufgespanntes seidens Tuch, das war zwiefach gefärbt. Und ging aber so vor ihr ein nach seiner Geburt gar edler Fürste, der trug ein gülden Zepter.

Und führten also dem König die zarte hübsche Jungfrauen für mit großer Würdigkeit, nach dem vorgemeldten Saal oder Eßhaus, darin alle Wirtschaft auf das Kostlichste war bereit. Da saßen sie an die aufgebreiteten Scheiben und Tische, da vor Herzog Ernst mit seinen Gesellen gesessen und gegessen hätt. Doch empfunden sie und sahen wohl, daß die Speis und das Getränk etwas mehr, dann gewöhnlich geschah, war gemindert worden. Doch waren um sie Spielleute und Schimpfmacher, Gaukler und viel Saitenspiels, mit aller Wonnsamkeit und Freuden, nach ihrer Gewohnheit, daß sie alle jubelten und sungen mit ihren Kranichschnäbeln. Und hätte ihrer Keiner Streites keine Furcht noch Zuversicht.

In solichen ihren Freuden sah die klar schöne Jungfrau ihren Rauber, den König, unwilliglich, mit zornlichen Augen, doch ersckrockenlich an, der ihr mit seinem langen Kranichhals und spitzigen Schnabel bot den Kuß. Und die Jungfrau rief sich unsälig und sprach auch, als Sankt Paulus: »Ich unsäliger Mensch, wer erlöst mich von dem Körper des leiblichen Todes? Das tue die Gnad Unsers lieben Herrn Jesu Christi!«

Da soliche und noch viel kläglichere Worte Herzog Ernste die zarte Jungfrau jämmerlich höret klagen, wann er zunächst dabei mit Grafen Wetzeln inwendig verborgen war, da erbarmet sie ihn von Herzen. Und sprach zu seinem Freund und Gesellen Wetzeln: »Eia, lieber Bruder, laß uns nicht länger rasten noch träglich warten, und hilf, daß wir die zierliche Jungfrauen in sollchen ihres Jammers Nöten von der zwiegestalten bösen Leute Gefängnis kecklich erlösen.« Dazu sprach der Graf Wetzet: »Gnädiger lieber Herre, mir ist viel mehr ein anders zu Mute, sei, daß es eurer Liebe auch gefällig ist. Wir mögen einer solichen Menge allein hart oder ganz nicht widerstahn ohn unser beider Leibesschädigung. Darum rat ich uns in guten Treuen und rechtem Gemüte, das zu eurer und meiner

Sicherheit wohl dient: daß wir der Dirnen Erlösung noch länger verziehen,bis wir nach Endigung dieser Wirtschaft sehen, daß ihrer Jeglicher heimkommt in seine Herberge.« Der Rat gefiel dem Herzogen zumal wohl.

Und als die Wirtschaft Ende hätt, da ging Jedermann schnell heim an seine Herberge. Und der König Agrippinus ging auch, mit lützel seiner Diener, in seine Kammer, die gar herrlich, als vor ist beschrieben, gezieret war. Nach dem führten etliche andere seiner Diener dar die zarte junge Königin, und ihrer einer zog sie ganz aus bis an ein seiden Hemde. Und lief, vor anderen Dienern, ein zu dem König, daß er ihm, als um ein gemeines Botenbrot, künde die Zukunft seiner Gesponstn und Gemahls. Der sah am Einlaufen ungefährde, daß die zween verhohlnen Gäste waren verborgen an einer heimlichen Statt oder Winkel. Als er sie anblickt, da erschrak er, daß er erzittert, und ging ihm das Haar oder Federn zu Berg, daß er nicht gereden mochte. Doch erkeckt er zum Letzten ein wenig, und kam also wieder zu sich selbst, und lief bald ein zu seinem Herrn, zu dem ihn der vorige Weg trug, und schrie, nach seiner Stimme, unsinniglich:»Waffen, immer Waffen! Herr König, es ist hie alle Ritterschaft von India gewappnet, um wieder zu nehmen die junge Frauen, die wir ihnen mit Streites Gewalt haben genommen. Aber ich will ihnen die Ursache, darum sie her sein kommen, benehmen. Daß sie uns die Dirnen nicht wieder nehmen, so will ich es mit ihrem eignen Töten fürkommen.«

Das sprach er, und verließ den König, der mit lautem Kranichgeschrei brüllet, und wußte nicht, wo er bleiben oder sich hin kehren sollte. Und lief grimmiglich dar zu der edeln jungen Fürstin, mit großer Ungestümigkeit, und durchstach ihr mit seinem scharfspitzigen Schnabel ihre beiden zarten Seiten, daß ihr das rosenfarbe Blut daraus schoß.

Der lautrufenden klaglichen Stimme, die sie um soliche tiefgestochene tödliche Wunden schrie, erhöret der Herzog und auch Graf Wetzet mit großem Jammer, und wischten schnell herfür. Mit behendem Eilen stießen sie die Kammertüre kecklich auf, darein die Jungfrau zu dem König geführt war. Und ertöteten den König und all seine umstehenden Diener, und nahmen die nahgestorbene Jungfrau, der zu beiden Seiten ihr warmes Blut ausfloß, auf ihre

Arme und wollten sie trösten und ernähren von dem Tode, das doch leider nicht mocht gesein.

Da sprach sie, mit kranker Stimme und mit klaglichen Worten, zu ihnen:»O weh, mir armen Frauen! Warum habet ihr kühnen Ritter meinen scharfen elenden Tod mit eurer schnellen Zukunft nicht fürkommen? Denn hättet ihr den gewendet und gehindert und meinem Vater mich, seine Tochter, lebendig wieder geantwortet, so wäre ich eurer Einem vermählet worden. Und hätt darüber, mit meinem väterlichen Erbe, mit Reichtum, Gewalt und großen Ehren, eurer Einen, welcher der gewesen, zum König gemacht in India. Doch wiewohl nun, ohn Verziehen, hie ist die Stund und Zeit meines leiblichen Todes, der aller Ding ein End ist, so freue ich mich doch, und es ist mir meines Todes ein großer Trost, daß ich euch, Christenmenschen, vor meinem Ende an soll sehen.« Das sprach sie, und mit diesen Worten zog sie ihren letzten Atem und gab GOTT ihren Geist auf.

Da wurden die zween Herren zumal sehr traurig, und wiewohl sie sahen des Königs Hofgesinde, mitsamt dem Stadtvolke, allenthalben um sich zulaufen, so gedachten sie doch an das Wesen menschlicher Natur und bedeckten den toten Leichnam, also unbegraben, mit einem schönen purpurfarben Tuch zu, und baten GOTT den Herrn, in dem der Auserwählten Geist ruhet, mit demütigem Fleiß um ihrer Seele Säligkeit und Behältnis. Und machten darnach sich selbst zu dem Stadttor einen Weg mit den Schwerten durch der ungestalten Leute Menge, die um sie rings mit Schreien liefen, und der sie viel, die ihnen begegneten, ertöteten. Da schussen die Feinde mit manicherlei Geschoß und mit Steinen, Holze und mit großen Pflöcken und mit Pfählen, und was ihre Hände mochten begreifen und mit Kräften erheben. Das wurfen sie mit großer Ungestümigkeit und mit lautzornlicher Kranichs Stimmen grimmiglich auf die zween ihnen ungenehmen Gäste. Und als sie nun mit hartwehrender Hand kamen zu dem Stadttore, da funden die großmütigen Streiter, in denen man der großen Riesen Stärke und männliche Keckheit sichtiglich mochte prüfen, das Tor beschlossen. Da entwichen sie mit Wissen in die Schwibbogen der Stadtmauer, und wurfen da für ihre Halsschilde, darein sie kecklich empfingen alles, das die feindlichen Leute wider sie wurfen und schussen; des so viel zu Haufen unter sie fiel, daß sie darauf stiegen. Und stunden recht als die freidigen Leuen, die mit zornigen Jagdhunden umgeben sind. Und als viel sie ihrer Feinde mit den Schwertern erreichen mochten, denen boten sie des Todes Trank und sandten sie mit Leide dem höllischen Gott.

Zuletzt, von solichem großem Auflauf und streitlichem Geschreie, wurden des Herzogs Schiffleute und Gesellen auf dem Kiele ermuntert und bewegt, und rasch, mit gewappneter Macht, liefen sie großmütiglich, mit vorgetragenem Banner zu dem Stadttore, das sie, mit Erschrecken um ihre liebsten Herren, verschlossen funden. Doch zum Letzten, mit gemeinem Rate, hieben sie das auf mit Äxten und großer Arbeit und gewannen den Weg und kamen, doch nicht gar ohn Schaden, ihren getreuen Herren zu Hilfe. Und mit viel Mannschlacht und Mord der Kranichleute nahmen sie ihre Herren und führten sie mit Gewalt und großer Arbeit aus der Stadt. Des waren sie all zumal froh, und vermeinten, von Stunde auf die Schiffe zu sitzen und von der Stadt zu fahren.

Da sahen sie von viel Gegenden des Meeres allenthalben viel gewappneter Haufen der Kranichleute herreiten und, eines schlechten

Weges, ohn Hoffnung der Flucht, wider sie herziehen. Da stärket Herzog Ernst die Seinen und sprach zu ihnen:»O ihr kühnen Ritter GOTTes, ihr sehet wohl, daß des Todes Pfeile antreffen unser leibliches Leben, das da säliglich wird verloren, wenn man das um Christlichen Glauben verliert: denn von diesem tödlichen Elend geht man, durch einen guten Wechsel, in das ewige Leben. Hierum, sintemal daß wir um soliche Hoffnung uns täglich üben in GÖTTlichem Dienste, so sollen wir mannlich sein und kecklich fechten wider die Feinde Christi und Seines Glaubens. Und geschieht das von Gottes Schickung, daß uns der leibliche Tod, von einer also großen Menge der ungestalten Leute, zugeht, so wöllen wir doch, mit manichem ihrem Todschlag, uns durch den zergänglichen Tod, den wir hie leiden, erkaufen das Ewige Leben.«

Das sprach er, und mit herzlicher Anrufung der GÖTTlichen Hilf ergriff er das Banner selbst und, mitsamt seiner Gesellschaft, ging er sittlich seinen Feinden entgegen. Da das die Agrippini sahen, da teilten sie sich allenthalben aus auf die Weite des Feldes, und umgaben unsichtiglich Herzog Ernsten und die Seinen. Und täten ihnen viel mehr Schaden durch vergifte Pfeile, die sie von ferne an sie schussen, denn sie ihnen in der Nähe mit Schwerten und anderen Waffen täten. Aber die Gäste widerstunden ihnen mit kühnstarker Macht unzertrennet, und ertöteten ihrer gar viele und schlugen ihrer fünf hundert nieder. Und hätten zwischen ihnen selbst einen kurzen, aber doch weisen Rat, also: sintemal daß die zwiegestalten Leute in der Nähe ihnen zu Streit nicht bestunden, so sollten sie langsamlich hinter sich, in ihre Schiffe weichen, das sie auch täten.

Da stund Herzog Ernste mit Grafen Wetzeln auf dem Sande und waren den Feinden widerstahn und die Ihren schirmen, so lang, bis man, in den Rennschiffen oder Züllen, die man an das Gestad heraus führet von dem Kiele, die Wunden, Todsiechen und auch die Gesunden alle einführet in den Kiel. Zum Letzten ließ sich der Herzog, mitsamt seinem getreuen Freunde, auch einführen. Und hießen von Stund an, mit Ablösen der Stricke, das Ufer und Gestad verlassen und mit starkem Ruderziehen in das Meer einwärts schiffen, das auch bald geschah.

Da nun die Kranichleute sahen, daß ihnen der Feldstreit entzogen ward, da vermeinten sie, nachzueilen mit Schiffen, der sich der

Herzog und die Seinen aber kecklich begunnten zu wehren, und ihnen auch entwichen, daß die Agrippini nichts geschaffen mochten. Und also, mit großer Arbeit Etlicher, die da die Schiffe zogen, und Etlicher, die sehre krank und verwundt waren, fuhren sie zwölf ganze Tag und Nächte, daß sie weder Gestad noch kein Erdreich nirgend mochten gesehen.

Hierum, da stieg der Schiffmeister einer, der dann die Gelegenheit des Meeres wohl wußte, auf den Segelbaum, und sah von ferne eine Höhe aufgehöht, als einen übergroßen Berg, da die Segelbäume, als in einem dicken Walde der Tannen, waren aufgereckt. Das sahen auch Etliche in dem Kiele, und meinten, es wäre ein großer Berg, und forchten, es wären etliche Meerrauber aber vor ihnen, die auf sie warteten.

Aber dem Schiffmeister, dem das leidliche und bald kommende Übel wohl wissend war, erkaltet alles sein Gemüte und Herze vor großer Furcht des schierkünftigen Todes. Und sprach zum Herzogen und den Seinen:»O der heiligen Wallfahrt und unsers raschkommenden Todes! Meine liebsten Mitbrüder und getreuen Mitgesellen, nehmt wahr, daß uns allen gegenwärtig ist der grimme, bittere Tod, der da ein End ist aller zergänglichen Dinge. Reckt auf eure Herzen und Hände demütiglich gen Himmel, und bittet fleißiglich von GOTT dem Herrn! Gnade, Barmherzigkeit und Ablaß aller der Sünden, Laster und Missetat, der Er, Seine Engel und ihr selbst euch schuldig wißt. Das sollet ihr tun, mitsamt mir, mit allem andächtigem Fleiße, daß unser Seelen und Geiste heil werden in dem Ewigen Leben, so unsere Leichnam verderben und sterben durch den itztkünftigen Tod. Nehmt wahr, an dem Berge, den wir sehen, müssen wir all sterben! Denn, wir wollen oder wollen nicht, so fließen wir itzo, ohn Vermeiden, in das sorgliche oder syrtische Meer. Denn als ich je und je von meinen Eltern vernommen habe, so trägt dies Meer allen, die darein kommen, gemeinlich den scharfen, verderblichen Tod. Die hohen Bäume, die ihr aufgericht sehet, das sind eitel Segelbäume der zugelehnten Schiffe, die da, von Ungewitter und von Kraft des tobenden Meeres, dahin getrieben sind und geschlagen. Und alle die Menschen, die darinne sind gewesen, haben itzo all versucht das Getränk des bittern Todes, das wir auch alle, ohn Zweifel, werden und müssen in Kürze versuchen: das lasset euch allen mit Jammer zu Herzen gahn.«

Nach dem, als der Schiffmeister ein End machet seiner kläglichen Rede, da tat der durchlauchtigste Fürste, Herzog Ernst, den Seinen eine gemeine trostliche Vermahnung, und war zu ihnen sprechen: »O ihr liebsten Brüder, wir sollen all GOTT, dem Allmächtigen, groß Dank und Ehr sagen, um Unruhe all unsrer Trübsal, die Er gnädiglich über uns verhänget, um Abtilgung all unsrer Sünde in diesem Leben. Hat uns dann des Barmherzigen GOTTes Fürsichtigkeit den leiblichen Tod an dieser Statt vorgeschickt und fürsehen, so sollen wir ihn leiden mit aller Geduldigkeit, daß uns die Willigkeit des Gekreuzigten GOTTes an dem strengen letzten Richttage wieder belohne um unser gelittene Trübsal. In des Namen und Willen, Seine Heimlichkeit heimzusuchen und demütiglich zu Jerusalem anzubeten, wir auf diesem Weg sein.«

Soliche Worte redet der edel Herzog Ernst trauriglich mit zährenden Augen zu seinen jämmerigen Mitbrüdern. Darauf er und Graf Wetzel, mitsamt dem ganzen Heere, empfingen mit andächtiger Reue und Beichte das Heilige Sakrament, den Würdigen Fronleichnam GOTTes, durch der Priester Hände, derer auch etliche, als nicht zuviel ist, unter einer solichen Schar und Menge waren.

Die Weil nahet ihr Kiel und Schiff, je länger, je näher, zu des Todes Statt. Und ward da schier von dem Magneten, der da Kraft hat, Eisen an sich zu ziehen, beheftet, gefangen und behalten. Wann daselbst ging des Magneten Schein und Flammen aus dem Wasser auf, davon ihr altes Schiff damitten entzwei brach und rann mit ihnen auf den Sand, der viel sorglicher und schädlicher ist denn das Wasser des Meeres. Von solichen ausschießenden Feuerstrahlen aus dem Magneten wurden viel großer und hoher Segelbäume angezündet und abgebrannt. Der Bränd und Stücke von oben abfielen in den Kiel der neu kommenden Gäste, und die erschlugen ihrer viel zu Tode.

Darvon Herzog Ernst, zumal von ganzem Herzen sehr, ward betrübt, und weinet inniglich (dann er nichts anders mocht getun,) und sprach:»Herr Jesu Christe, ein Sohn des Ewigen GÖTTlichen Vaters, was Mittels mag oder soll ich armer han? GOTT wollt, daß ich gestorben wäre, daß ich vor meinen Augen soll sehen sterben die Sammlung meiner auserwählten Ritter und allzeit meiner getreuen Diener!«

Also weinet er all Tage, und auch zu aller Stunde martert er sich mit jämmerlicher Klage. Und wenn man die toten Körper in das Meer sollt auswerfen, so hätt er eine soliche große Erbärmde über sie, daß er sie hieß oben, auf des Kieles Deck legen, daß er doch, durch Anschauen ihrer toten Leichnam, etwas möcht Tröstung empfahen.

Da kamen die Greifen dargeflogen, die zunächst darbei auf den hohen Bäumen und an unbesteiglichen Bergen genistet hätten. Die schmeckten die toten Körper und führten viel Leichname in ihre Nester, ihren Jungen zur Speis. Und blieben also von der ganzen Menge des Herzogen Volks nicht mehr am Leben als ihrer Sieben, die alle nicht mehr in ihren Zehrsäcken hatten dann ein halbes Brot.

Da sprach der edel Graf Wetzel:»Sintemal, daß wir der Schar unsrer Gesellen, die hie bei uns gestorben sind, haben vergolten mit weinenden Zähren, was uns zustund, wann wir ihnen nicht mehr mochten tun, mein lieber Herre, gefället es eurer Bescheidenheit, so sollen wir uns doch einen andern als den jämmerlichen Tod des

Hungers aus erwählen. Also, daß wir uns selbst in Tierhäute ein heißen nähen und heften, und zu Raube auf den Kiel legen, daß wir von den Greifen über Meer werden geführet in ihre Nester, daß wir ihrer Kind Speise werden, oder, ob es GOTT der Herre vielleicht gnädiglich also schicket, daß wir durch etliche Mittel lebendig mögen entrinnen.«

Der Rat, als ich vermein, dem Grafen Wetzeln nicht gegeben war von menschlicher Verständnis, sondern mehr wunderlich von GOTTes Eingießen; der gefiel dem Herzogen zumal wohl. Und sie gingen ohn Verziehen in andere Schiffe, darinne sie funden neugestorbene Menschen, die bei sich hätten Gold, Silber und edel Gesteine und allerlei kostbarlicher Kleider ein Genügen. Sie funden auch da große Ochsenhäute, die sie mit sich wieder in ihr Schiff hießen tragen. Des wundert die anderen, ihre Gesellen, gar, was sie darmit meinten.

Da näheten und hefteten sie der Häute etliche zusammen, und gesegneten mit Treuen ihre fünf Gesellen, und nahmen zu sich all ihren Harnisch und etlich ander Gezeuge, des ihnen not mocht gesein. Darmit sie sich in die Haut hießen vernähen und auf des Kieles Deck legen, daß sie die Greifen hinführten. Dem Gebote ihre Gesellen zumal trauriglich und ungern gehorsam waren, und legten den Herzogen und Grafen Wetzeln verheftet auf das Deck und die Höhe des Schiffs.

Als sie die Greifen ersahen und meinten, es wäre, nach Gewohnheit, totes Aas, da kamen sie und führten den Herzogen und Grafen, wunderlich und durch des Allmächtigen GOTTes fürsichtige Schickung, über das weite und furchtsame Meer ihren Jungen in ihre Neste; des die fünf elenden Verlassenen zumal trauriglich weinten. Da sprungen über sie die jungen Greifen und wollten sie zerreißen; und wiewohl sie durch die Ochsenhäute eingrimmeten mit ihren Klauen, so mochten sie doch die stählern Panzerringe, mit denen die zween furchtelnden Herren waren bewehrt, nicht gewinnen. Zuletzt funden sie, daß sie jenhalb des Meers waren gelegt an eine feste und harte Statt; und empfingen langsamlich wieder Kraft, und schnitten die Häute auf.

Und da sie sahen, daß die zween alten Greifen wieder ausgeflogen waren, um andere Speis über das große Meer, da versuchten die zween Elenden ihre Flucht, und stiegen herab aus dem Neste und kamen, mit sittlichem Hangen und Klimmen, von den ausgespitzten Bergen, mit großer Arbeit, wie sie mochten, und eilten in einen dicken Wald, zunächst darbei.

Der anderen fünf Gesellen, in dem Kiel verlassen, ließen sich aber zween in solichem Maß einheften in Ochsenhäute, die auch, von GOTTes Schickung, von den Greifen mit geizigem geschwindem Fluge in das vorige Nest wurden geführet, und entrannen, in aller Weis als Herzog Ernst und der Graf Wetzel, in den vorgemeldten Wald. Dennoch waren ihrer Drei in dem Schiff geblieben, deren Einer die anderen Zween auch einheft in Ochsenhäute, mit Harnisch und Waffen. Die wurden auch, als ihre Herren, von den vorigen Greifen in das Nest geführt, daß ihnen allen Sechsen das Glück durch Gottes Wirkung doch beschert ward. Und die selben letzten Zween kamen auch, als die ersten Vier, mit arbeitsamer Flucht kaum darvon in den vorbeschriebenen Wald. Der Siebente und Letzte, sintemal er Niemand hätte, der ihn einheften mochte, so mußte er mit großem Jammer elendiglich in dem Schiffe bleiben; und da er kein ander Speis hätte denn ein halbes Brot, das vor ihrer Sieben hätten, und er das nun genoß, da mußte er da mit Leid sterben und das Heerhorn des Jüngsten Gerichts, in einer gemeinen Urständ, da erwarten. Da kamen aber die letzten Viere in dem wilden unweglichcn Walde ungefährlich zusammen durch GOTTes schicklichen Willen, des sie zumal sehr wurden gefreuet.

Und wurden, mit gemeinem Rate, überein, daß sie ihren Herrn, Herzog Ernsten, und Grafen Wetzeln in dem wilden Walde, an scharfen, ungewöhnlichen Bergen sollten suchen. Darum sie fleißiglich anriefen des Allmächtigen GOTTes Hilfe, der sie aber durch Seine Gnade erhöret. Denn da sie mit Ängsten, fürbaß ihren Herrn zu suchen, in die scheußliche Wüsten kamen, da sahen sie dort von fern zween Menschen vor ihnen gahn, und zweifelten des ersten, ob sie die Zween wären, die sie suchten. Doch zum Letzten erkannten sie ihren Herzog Ernsten, zu dem sie mit schnellem Laufen eilten, der sie auch, mitsamt dem Grafen, bald erkannt. Und ging ihnen entgegen, und ward von ihnen, zu beiden Teilen, um große Freud, ein michel Teil Zähren vergossen.

Nach viel lieblichem Umsahen und brüderlichem Kusse sprach der Herzog zu ihnen:»Saget mir, lieben Brüder, wer hat euch in die Häute geheftet?« Da sprachen sie:»Gnädiger Herre, der (den sie ihm nannten), euer getreuer Knecht und auserwählter Diener. Den haben wir gar traurig hinter uns in dem Schiffe gelassen, dann er Niemand hätt, der ihn möcht einheften. Und ist nicht Zweifel, er sei itzo elendiglich vor Jammer und Hunger verschieden. Darum sollen wir seine Seele mit Fleiß dem Allmächtigen GOTT befehlen.« Als Herzog Ernste das höret, da ward er mit fließenden Zähren bitterlich weinen. Und sandte, um seiner Seele Heil, ein andächtiges Gebet zu GOTT dem Herrn, der ein Schöpfer und Erlöser ist aller Gläubigen.

Aber die Sechs hätten große Arbeit von langem, ungebüßtem Hunger. Da aßen sie Schwämme und Pfifferling, Kräuter und Wurzen, und was ihre Hände in dem Walde mochten begreifen. Und da sie nun den Hunger etwas sattlich gebüßeten, da bezwang sie, gleich so hart, der hitzige Durst. Also gingen sie alle Sechs den ganzen Tag bis an den Abend, und bis in den Tod durstig, durch des Wald Dicke, Unwege und Finster; denn Jemand daselbst weder Steg noch Wege je gesucht hätte. Und nahm sie selbst wunder, wie sie bei Leben mochten bleiben.

Und um der Sonnen Niedergang sahen sie von ferne, dort gegen der Sonnen Glaste, scheinen über groß spitzige Berge in einem Tale ein lauter und lustig fließendes Wasser. Zu dem sie sich über die abgebrochenen Berge, dahin, als wohl glaublich ist, weder vor noch nach kein Mensch nie kommen war, itzo mit Klimmen und Hangen, itzo mit Steigen und Fallen, itzt mit Knien, itzt mit Händen, nicht ohne große Sorg ihres Lebens, abließen und kamen mit großer Arbeit. Und löscheten da genugsamlich des natürlichen Durstes übergroße Not mit dem süßen, kühlen und lautern Wasser.

Aber doch hätten sie noch eine große furchtliche Sorge vor der Greifen Grimmigkeit, daß sie nicht von denen gehört würden und wieder, als vor, hingeführt. Darum hielten sie ihr Schweigen in Stille und blieben da bei dem Wasser rasten. Und merkten da durch das Gesichte, daß man das Wasser fische, wann sie zumal schön große Fisch darin sahen. Darum wollten sie ihrem Hunger und wegmüden Leib wieder helfen, und nahmen die Fische, als viel sie wollten, die der Gras Wetzel mit einem Eisen oder Gleven fing und stach. Und schlugen aus den Kieslingen Feuer, und etliche brieten sie ob den Kohlen, etliche kochten sie, vielleicht in Eisenhüten. Und also löschten sie des Hungers Mangel nach ihrem lustlichen Willen und Begierde. Nachdem sie nun satt waren, wollten sie fürbaß gehen; das mochten sie nicht tun von der vom abgebrochenen Berge wegen, die, als man spricht, in der Himmel Gewolken waren als eine Mauer oder Wand auferhöhet, daß auch die Vögel sich nicht wohl mit gleichem Fluge hinauf mochten schwingen. Item: der Weg, den sie dar kommen waren, war ihnen auch nicht mehr möglich aufzusteigen vor seinen überschießenden und auch abgeebneten Steinbrüchen.

Da nahm sie erst ein groß Wunder, wie sie doch herab wären kommen. Und mit gemeinem Rate gingen sie dem Wasser nach, und kamen zum Letzten zu einem großen Berge, durch den das selbe Wasser mußt laufen, wiewohl, daß er mit anderen Felsen umgeben und beschlossen war. Da mochten sie aber nicht fürbaß kommen, wann es war daselbst eine große Höhle in dem Berge, darinne das Wasser einen grausenlichen Hall machet, als ob ein groß Schiff da zerstoßen würde und unterginge, von der Tiefen wegen der großen und scheußlichen Höhlen.

Und eine Weile, so verbarg sich das Wasser ganz und gar, daß man es weder sah noch höret. Und über eine kurze Zeit, so breitet es sich wieder aus in einem furchtsamen lauten Hall jenhalb des Berges in einem breiten, fließenden Wasser. Da waren die elenden Ritter aber verlassen von aller menschlichen Hilfe: denn sie sahen keinen anderen Weg, dann wieder zu kommen in das furchtschädliche syrtische Meer, daraus sie GOTT erst durch Seine Gnad hätt erlöst. Den sie aber, nach Gewohnheit, mit demütigem Fleiße treulich um Hilfe anriefen.

Durch Des Einsprechen wurden sie zu Rate, und hauten ab große Bäume und Balken, der Herzog mit seinen Mitgenossen. Und behauten sie mit großer Arbeit, und bunden sie mit Weiden zusammen, nicht gar kluglich, aber zumal festiglich. Und mit gar einem erschreckenlichen und unsäglichen Zweifel und sorglicher Furcht ihres Lebens, bunden sie ihre Harnisch und ander Dinge, die sie bei sich hätten. Darzu sie auch darauf saßen, waglich, mit Hoffnung GOTTes Hilfe, und ließen sich das raschlaufende, grausenliche Wasser hindurch führen. Da war inwendig in dem Berge dreierlei furchtliches Schadens: des ersten, daß von umlaufendem Wirbel und stätiglichem Schwindel das zusammengeheftete Dielenfloß ohn Unterlaß gar sehr anstieß zu allen Orten, daß Wunder war, denn daß es stark gebunden war, daß es ganz mocht bleiben. Das ander grausenlich Übel war die Finsternis; denn es war so finster darinne, daß ihrer keiner den andern mocht gesehen. Zum dritten Male mocht ihrer keiner gehören, von großer Ungestümigkeit der Wasserwogen, die in dem Berge zu allen Orten tummerlich anstießen und mit lautem Halle wieder zusammen liefen.

Da riefen sie aber zu GOTT dem Herrn, mit lauthallender Stimme und Gebete, und sprachen:»O Herre Jesu Christe, der Du bist Wahrer GOTT und Mensch, Unser Heiland, behüt uns, und erlös uns, als Du hast Deinen lieben Jünger Petrus aus dem Meere! Und der uns vor hat erlöst aus dem syrtischen Meere durch die grimmen Greifen, vor deren Klauen Du uns hast bewahrt: also mach uns heut auch ledig und heilsam!«

Da sie nun endeten solich fleißige Gebete, nehmt wahr, da kam des ersten eines seltsamen Lichtes Schein von den Gnaden des Ewigen Lichts, und das machte ihnen eine große Freude in dem Berge. Da sahen sie am Fürfahren einen scheinbarlichen Felsen, der heißet zu Latein *Unio*, das ist zu Deutsch als viel gesprochen als eine Einigkeit: denn als man liest, so ist seines Gleichen, in Gestalt und Natur, keiner mehr in der Welt; darab brachen sie ein Stücke.

Des Steins ein jeglicher Römischer Kaiser in seiner Krone trägt, von groß zierlichen Scheins wegen. Den Kaiser Otto darein hat lassen machen, den ihm Herzog Ernste, als am Ende beschrieben wird, geschenkt hat.

Wie Herzog Ernst mit seinen Mitgesellen, durch die Schickung und Hilf GOTTes, kam in das Land Arimaspi

Darnach kam der Herzog Ernste mit seinen Gesellen auf dem Dielenfloße, in dem Lande Arimaspi, an das Gestad, dahin sie der Fluß zutrieb. Da verließen sie das Floß und nahmen zu sich ihren Harnisch und Gezeug und kamen aber in einen dicken wilden Wald, mit großem Hunger. Doch waren sie froh, daß sie erlöst wären von des wilden Wassers Nöten. Und da sie also gingen in dem wilden Walde den ganzen Tag, da sahen sie zum Letzten viel großer, herrlicher Städte und wohl gewahrte Schlösser und viel Kastelle, nach natürlicher Gelegenheit wohl und gar meisterlich stark gebauet. Die selben Arimaspi heißt man auch, nach anderm Lateine, *cyclopes*: das sind Leute in India, die haben ein Auge ob der Nasen, und essen nur Tierfleisch.

Also sah der Herzog und die Seinen eine schöne Stadt, die über die anderen nach Größe und Zierlichkeit war gebauet. Und sie meinten, als auch war, sie fünden darinne einen mächtigen Fürsten oder Herrn des Landes. Und kamen für die Stadt und rasteten eine kleine Zeit vor dem Tore. Und da die selben Bürger und Leute für sie ein und aus gingen und sichtiglich merkten, wie daß die fremden Gäste zwei Augen hätten, das mocht sie, mit großem Erschrecken, nicht genug verwundern. Und, als dann fürwitzer Leut Gewohnheit ist, da liefen sie zu und umstunden den Herzogen und seine Gesellen, und beschaueten sie, als ob sie Meerwunder wären.

Und Etliche liefen unverzogenlich ein in die Stadt und verkündeten dem Grafen, des die Stadt war, die Gegenwärtigkeit solicher wunderlichen Leute vor dem Stadttore, die da zwei Augen hätten.

Da er das vernahm, da mocht er ihrer auch, als seine Bürger, nicht genug verwundern. Und gedacht sich, es wären etliche Waldleute oder *satiri*, das sein halb Menschen und halb Böcke, die ungefähre, durch Irregehen, wären aus dem Holze kommen.

Und da sie nun zu ihm geführt wurden, wurden sie gar schön und ehrlich von ihm empfangen und beherbergt. Und mit Züchten von ihm gefraget, wes Volkes und Geschlechtes, wie und von wannen sie her in die Gegend wären kommen und zugelandet. Den sah der Herzog mit traurigem Antlitz an und sprach:»Wir wöllen niemand zu keinerlei Frage Antwort geben, bis daß wir unsern Leib durch Essen und Trinken wiederbringen, denn wir arbeiten mit großem Hunger, der uns zwingt.«

Eh der Herzog Ernst seine Worte gar vollendet, da hieß ihnen der Stadtgraf hertragen vollkommenlich alles, das zu leiblicher Nahrung überflüssiglich klecken mocht, von Essen und Trinken. Nach dem sie nun sattlich hätten gespeiset ihre Leichname, da sprachen sie aber zu dem Herrn:»Lieber Herre, es ist Zeit, und heischet das die Sache der Notdurft, daß ihr uns Kleider gebt. Denn wir möchten vor großer Scham sterben, daß wir so nackend und bloß sind.« Also sprach aber zu ihnen der Stadtgraf:»Sagt, sagt, das bitte ich euch, sagt uns von euerm Stand und Wesen! Ich will euch gern geben, was ihr von mir begehrt.«

Da sprach Herzog Ernst zu ihm:»Der Römische Kaiser, der da ist in dieser Welt über alle ander Kaiser und über alle die, darüber GOTT Seinen Sonnenschein überleuchtet, der hat mich, wider GOTT und alle Gerechtigkeit, vertrieben von meinem angestorben väterlichen Erbe und darzu von meinem Vaterland. Und da er zu viel und gewaltig wider und über mich war, da gedacht ich, ihm eine Zeit wollen weichen. Und nahm mit mir meiner Lehenherren und getreuesten Diener, ein michel Teil kühner Ritter, mit denen ich auf dem Meere fahren begehrt zu der würdigen Stadt Jerusalem, da heimzusuchen das Grab Unstrs Herrn Jesu Christi, und auch ander Stätten anzubeten Seiner Geburt und Heiligen Marter, Da hab ich auf dem Meere meiner Mitgenossen viel von Ungewitter verloren. Nach dem kam ich zu streiten mit den Agrippinen oder Kranichleuten, da mir aber viel meiner Mitbrüder und Diener, doch nicht ohn große Mannschlacht der selben Leute, wurden verloren. Seither hat groß Ungestümigkeit des Wetters eingetrieben mit Gewalt unser Schiff und Kiel in das schädlich syrtische Meer, darinne wir jämmerlich behaft wurden. Da ist mir die selbe ritterliche Schar und adelige Jugend durch den scharfen Tod des Hungers ganz benommen und verdorben, ausgenommen wir Sechs, die von den furchtsamen Greifen über Meer in ihre Nester, ihren Jungen zu Speis, eingeheftet in Ochsenhäute, sein geführt worden. Daraus wir kaum mit Nöten kommen sein und mit großer Arbeit. Und noch mit viel größerm sorglichem Schaden unsers Leibs sein wir abgestiegen von hohen, abgespalten Felsen und löcherigen Bergen, durch tiefe Höhlen und dicke Hölzer. Mit Hungers Not und hitzigem Durste sein wir kommen zu dem Wasser, das ihr wohl wisset. Darauf wir, mit zusammen geheften Dielen und Pflöcken, noch mit großer, ängstlicher Arbeit und unsers Lebens Unsicherheit, sein geflossen durch den nächsten scheußlichen Berg. Und sein also hergeflossen in eure Gegend an dies Gestad.«

Als das der Stadtgraf höret, da erschrak er solicher wunderlichen Sage. Und hieß, sie mit schönen Zwehlen und kostlichen, säubern Tüchern abwaschen. Und mit schönen seiden Hemden und Hosen, mit Gold durchwirkt, und mit Pelzen, die da hätten purpurn Ärmel und darüber purpurn Röcke, die mit Gold und edeln Steinen überzierlich und köstlich waren, darüber an kleiden. Und meinet, er wollt sie alle Zeit, für ein Wunder und Kurzweil des selben Landes Volks, an seinem Hofe halten.

Also höret der König des selben Landes Arimaspi, wie daß der Graf in seinem Lande hätt etliche fremde Leute mit zwei Augen. Und er sandte seine Botschaft zu ihm, daß er, ohn Verziehen, mit den wunderlichen Leuten zu ihm käme. Er kam zu ihm ohn Verharren, und wollte oder wollte nicht, so ward er von ihm bezwungen, daß er ihm gar trauriglich den Herzogen und die Seinen mußt geben.

Diese Begebung war dem Herzogen und den Seinen eine liebe Freude und nicht wider; denn sie meinten, als auch war, sie würden ehrlicher an des Königs Hof gehalten, denn an des Grafen.

Und eines Tags, zu Morgen frühe, geschah es, daß Herzog Ernste große Funken sah fliegen und feurige Flammen von ferne behend aufschlagen, deren Brünste ihn sehr wunder nahmen. Und sprach zu dem Könige:»Herre, als ich meine und sehe, so dünkt mich, euer Land werde schwerlich von den Feinden durch Mordbrand gewüstet. Verhängt mir, daß ich euern solichen Schaden, ob ich möge, durch Vertreibung eurer Feinde, abwend!« Da sprach der König zu ihm:»Diese Feinde mögen nicht überwunden werden. Denn es sind soliche Leute aus Mohrenlanden, die man zu Latein nennet *scipodes*, das ist, daß sie allein einen Fuß haben, mit dem sie sich ganz bedecken vor der Sonnen Glaste. Und laufen so balde, daß sie niemand erlaufen mag. Und sonders, wenn sie kommen auf das Meere, so laufen sie mit trockenen Füßen so behend als auf einem Sand oder harten Erdreich, daran sie kein Fürlaufen gehindern mag.« Da sprach aber Herzog Ernste zu ihm:»Ohn Verziehen schickt mir bereite Gesellen zu; es wird gar bald um sie ein End nehmen.«

Das ward also behend vollbracht. Da ritt der Herzog auf raschen Pferden etliche heimliche Straßen und Wege, und fürkam den Feinden den Weg zu dem Meere und ergriff und ertötet sie alle; ausgenommen ihrer eine kleine Zahl, die kaum mit Flucht entronnen. Der fürbaß nimmer mehr, dem König noch seinem Reich zu schaden, in das Land kam. Doch fing der Herzog ihrer einen lebendig, den er gefangen wieder heim mit fröhlichem Siege zu dem König brachte. Also ward er und die Seinen von dem Könige größlich und ehrwürdiglich empfangen; und ward ihnen fürbaß von Jedermänniglich, von den einäugigen Leuten allen gemeinlich große Zucht und Ehre erboten.

Auch zu den selben Zeiten schicket ein unzierliches Volk, von Natur mit großen und langen Ohren, darmit sie sich ganz bedecken, ihre freidige Botschaft, nach gewöhnlichen Sitten, zu dem König von Arimaspi um den jährlichen Sold und Zins, den er ihnen schuldig wäre. Und forderten ihn zumal freventlich mit schwerem Drohen, das Reich anzugreifen; dadurch der König gar sehr und hart erschrak. Doch tröstet Herzog Ernste des Königs Traurigkeit und sprach zu ihm: »Herr, was wilden, ungestalten Volkes sind die Leute?« Da antwortet ihm der König: »Sie heißen mit Namen *pannochi*, von dem Lande Skythia. Und fordern jährlich Sold von uns, den sie auch jährlich von uns einnehmen, bezwungenlich, nicht von keiner schuldigen Gerechtigkeit, sondern von ihrer mutwilligen Übergewalt und fürwitzer Hoffart wegen.«

Also nahm aber der Herzog Ernst des Königs Diener und die Seinen und zog wider sie und vollbracht einen Streit, darinne er sie nahend alle ertötet. Und macht aber das Land und den König vor diesem Volke sicher in Ewige Zeiten, und darzu steuerfrei von allem Solde und unbilliger Forderung. Doch behielt er aber der selben Menschen zween lebendig, mit denen er, mit großem Frohlocken, wieder eilet zu dem König, der ihn und die Seinen fröhlich empfing. Und fordert ihn hinfür allezeit zu seinen heimlichen Räten, als seiner getreuesten Fürsten einen. Und über das gab er ihm und seinen Mitgenossen, zu festem Eigen und Besitzung, ein Land, bei dem Meere gelegen, mit fünf wohl erbauten großen Städten und mit viel wohl bewahrten Schlössern und Kastellen. Des Herzog Ernste ihm mit Freuden großen Dank saget. Und nahm mit sich seine Gesellen und wunderlichen Gefangnen, und besatzt das Land, Stadt und Schlösser, und regieret sie zumal tugendlich, mit Friede und aller Gerechtigkeit.

Wie Herzog Ernst stritt mit den Cananei, den gro-
ßen Riesen, und sie überwand

Bei der selben Gegend zunächst wohnten Cananei, das waren
aber über alle Maß große Riesen; und um solich ihre Größe und
Stärke täten sie viel Landen großen Schaden, und sonders dem Kö-
nigreich Arimaspi, das sie mit emsiger Droh und Orlog bekümmer-
ten. Und sandten zu dem König Arimaspi einen Boten, der war ein
großer Riese, und war nur fünfzehn Jahr alt, und reichet mit seiner
Länge über hohe Bäum. Der trug in seinen Händen, für seine Wehre, einen großen Heubaum; und kam mit hoffärtigem jähem Mute
für den König, und drohet ihm und den Seinen Beraubung alles
ihres Gutes und darzu ihres Lebens, er schicke dann, ohn Verziehen, den Riesen nach ihrem Willen den Sold, den sie ihm trotzlich
und unbilliglich hätten aufgesetzt.

Da geschah es, vielleicht von ungefähr, daß Herzog Ernst von
seinem ergebenen Lande zu dem Könige dar kommen war. Und als
er soliche freventliche, trotzliche und unbillige Botschaft höret, da

sprach er zu dem Könige:»Sintemal, daß solicher geheischter Zins unredlich und allein von der Riesen Mutwillen und Bezwängnis ist aufgesetzt, dunkt mich billig, daß er ihnen mit dem Schwert zu geben sei.«

Um das selbe Wort ward der Ries zumal gar zornig, und kam zu seinen Landsleuten und saget ihnen ordentlich wiederum seine Botschaft. Und satzt das darzu:»Ich hab auch,« sprach er,»daselbst gesehn ein Menschlin, das überhochfärtige Worte da für Jedermänniglich redt; und da auch der König uns den Zins wollt geben haben, da widersprach es das selbe Männlin dem König. Und meinet, auch wider uns zu streiten. Dann es des Königs innerster Rat und Diener ist.«

Also, auf diese Worte sammelten die Riesen eine große Menge in ihrem Lande, und zogen heraus in des Herzogen Land, das zunächst daran lag. Und auch in des Königs Land zu Arimaspi, daß sie die mit starkem Gezeuge und Macht verwüsteten. Als Herzog Ernst das höret und ihren Willen verstund, da tat er das durch seine gewisse Botschaft dem König von Arimaspi zu wissen. Der König erschrak solicher Botschaft gar sehre, und sammelt alles sein streitbares Volk in seinem Land, mit denen er selbst zu dem Herzogen ritt. Und gebot allem seinem Volke, gemeinlich des Herzogen Gebieten und Schaffen gehorsam zu sein.

Und da der Herzog vernahm, daß die großen Riesen kommen wären in den dicken Wald, durch den sie dann mußten ziehen, da gebot er allem Heere, an sie zu ziehen und zu fechten, eh daß sie aus dem Walde kämen. Denn sie sich darinne, vor den hohen Bäumen, nicht mochten rühren nach ihrer Leibes Notdurft und Eigenschaft des Streites. Das geschah also; denn da die wilden, ungestümen Riesen kamen in den dicken Wald mit großer Macht und wütender Unsinnigkeit, da hub sich der Herzog auf und Graf Wetzet und ihre Helfer, mitsamt des Königs Heere von Arimaspi, die, mit List und gewahrter Stille, in dem Holze lagen. Und gaben ihr kecklich Streitzeichen mit Trommeten, oder wie das sein sollte, und fochten mannlich an die scheußlichen Riesen, die solicher Sachen vor gar ungewohnet waren. Und ohn alle Barmherzigkeit stachen sie von unten auf an sie, daß sie zu der Erden fielen, des sie sich, nach des Herzogen Willen und Meinung, nicht mochten erwehren.

Und also wurden sie nahe alle erstochen. Da zogen sie etliche aus dem Walde auf das weite Feld, und lief alles Heer hinzu, und Herzog Ernst kam auch dargeritten, zu besehen die Größe der Riesen Leichname.

Da merket der Herzog, von andrer Leut Sage, wie daß ihrer noch Etliche hinter ihnen auf dem Wege, dannen sie kamen, wieder flüchtig wären. Also gebot er, ohn Verziehen ihnen nach zu eilen; aber sie funden und ergriffen nicht mehr dann einen, der war sehre wund, daß er den andern nicht mocht gefolgen. Den führet der Herzog gefangen mit sich wieder ein in sein ergebenes Land. Über den selben, nahe gestorbenen Menschen hätt er groß Erbärmde, und nahet zu ihm mit den Fußtritten menschlicher Versehung nach aller Notdurft. Und durch einen weisen Arzet verband er ihm seine Wunden, und hätt, nach dem Heiligen Evangelio, alle Sorgfältigkeit um ihn, als sein wahrer Nächster. Durch soliche fleißige Auswartung ward der Riese bald gesund, und gewann den Herzogen von Herzen lieb. Und verhieß ihm mit verdachtem Mute, daß er in ganzen Treuen sein Lebtag bei ihm wollt bleiben. Dem Verheißen er auch mit scheinbarlichen Werken nach kam, als hernach stehet.

Wie er in einer Insel mit gar großen Vögeln stritt und die auch überwand

Zu den Zeiten ward dem Herzogen gesagt, wie daß in einer Nähe wären etliche Leute in India, die nur zwei Ellenbogen lang wären. Und die speisten sich allein von Vogeleiern, die in dem selben Lande nisteten. Um des Willen: wenn sie der Vögel Eier gegessen, daraus sonst andre Vögel würden, daß der Vögel desto minder um sie würden. Und je minder ihrer würden, je eh und baß sie sich, durch soliche Speisung, ihrer erwehreten.

Hierum, mit gemeinem Rate seiner heimlichen Ratgeber, ließ er in seinem Lande sein großes Heer und die wunderlichen Leute, die er mit Streites Kraft gewonnen hätte. Und nahm mit sich Grafen Wetzeln und etliche kühne und treubewährte Ritter, und kam auf dem Wasser gefahren zu den kleinen Pigmäen.

Da nun die kleinen Zwerglin sahen so viel also großer Leute zu ihnen kommen, da erschraken sie von Herzen, und meinten, es wäre ihres Lebens ein Ende. Und reichten ihre Hände auf gen Himmel, und baten Friede und Fristung ihres Lebens – mit furchtsamer Demütigkeit. Da sprachen die edeln Ritter zu ihnen:»Wir sind nicht kommen, den Fried zu brechen, aber euch Friede zu machen. Und wollen euer Leben heil und sicher machen vor der schädlichen Vögel Anfechtung, ob uns GOTT das verhänget. Morgen sollet ihr aus ziehen wider die Vögel und uns zeigen ihre meiste Wohnung, so werdet ihr sehen, durch uns, die große Hilfe GOTTes über euch.«

Und als Herzog Ernst sie fraget, was sie ihnen Schaden täten, da sprang ein kleines junges Mannlin von ihnen und stund mitten ein für den Herzogen und sprach:»Lieber Herre, wenn ich anderswo etwas nötiger Sachen zu schicken habe, so muß ich mich des Nachts auf den Weg machen, und wenn es zu Morgens licht hergeht, so muß ich mich etwann heimlich verstehlen in den nächsten Berg, Hägen oder Höhlen, und also mit stillem Schweigen liegen den ganzen Tag, bis daß es wieder finster wird, so muß ich dann den andern Teil des Wegs vollbringen. Item: wir mußten unsere Äcker all zu Nachts säen und auch abschneiden, denn im Tage, vor den Vögeln, dürfen und mögen wir nichts tun. Und wird uns noch viel Übels, das alle zu lang wäre zu sagen, von den bösen Vögeln, zu unserm Unheil mehr denn andern Leuten, erboten und zugezogen. Darum bitten wir euch fleißiglich, sintemal wir uns, um unser Schwachheit und kleinen Gliedmaßen wegen, an den übeln Vögeln, unsern Feinden, nicht mögen noch können rächen, daß ihr, die da, gegen uns zu schätzen, große Riesen seied, wöllet Rachsal an den bösen Vögeln begahn, die uns bis her unrechtlich bezwungen und bekümmert haben.«

Also sah der Herzog an ihre fleißige und notdürftige Bitte; und des Morgens, als die Sonne das Erdreich erst überschien, da nahm er mit sich seine Ritter, mitsamt dem kleinen Zwergvölklin, und kamen in eine Insel, da eine große Menge der Vögel zusammen kam, und begingen einen großen Streit mit ihnen. Doch zuletzt, nach Ertötung vieler der Pigmäen kleinen Männlin von der Vögel Beißen und Stechen mit den Schnäbeln, behub Herzog Ernste aber den loblichen Sieg, und machet den Pigmäen vor den Vögeln solichen guten Frieden, der er und die Seinen zumal viel erschlugen und erschufsen, daß sie ihnen fürbaß nimmer mehr kein Leid noch

Unruh täten. Und lebten mehr denn ein ganz Jahr überflüssiglich, allein von ihrer Feinde, der Vögel, Fleisch.

Nach dem nun der Herzog mit den Zwergmännlin wieder heim von der Insel kam, da saget der Pigmäen König dem Herzogen und den Seinen große Ehr und Dank um den überwindlichen Sieg der neidischen Vögel. Und trug ihm für Gold und Silber und sonders kostlich edels Gestein, und bat ihn, daß er das zu Lohn nähme. Das wollte der Herzog nicht von ihnen nehmen, aber er bat ihn wiederum fleißiglich, daß er ihm der natürlichen Pigmäen zween gäbe. Des ihn der König gewähret, und gab ihm seiner Diener zween. Also, mit des Königs und seines Volkes andächtigem Segen, zog der Herzog, mit großen Freuden, die er hätt von dem ungleichen Spielen der zwei kleinen Männlin und seines großen Riesen, den er auch mit sich hätt genommen. Und kam wieder in das Land Anmaspi, da er dann Wohnung hätte. Und er ward aber von dem selben König und dem ganzen einäugigen Volke mit fleißigen Treuen ehrlich empfangen.

Hernach folget, wie Herzog Ernst in die ferne India kam und daselbst um Christlichen Glauben stritt

Als nun Herzog Ernst merket und betrachtet, daß ihm alle zeitlichen Werke, durch die genähme Miltigkeit GOTTes, nach allem seinem Wunsche und Willen ergingen, da blieb er, als der weise Mann, in der Weisheit der Ewigen Dinge. Und gedacht in allem seinem Herzen und Sinne die Fürsichtigkeit seines Fürsatzes, wie er in ihm bestätigt würde.

Und er ging eines Tags mit Etlichen, seinen liebsten Dienern, bei dem Gestad des Meeres um spazieren. Die Weilen waren die Mohren von der fernen India mit ihrem Kiel, von des Meeres Kraft und widerwärtigen Winden, an das Gestad des Landes Arimaspi geschlagen. Da von Stunde sandte zu ihnen der Herzog seinen Boten und hieß, sie fragen, wes Leute oder Geschlechts, oder von wannen sie her wären, was ihr Geschäft wären, und ob sie bekannten oder hielten den Christlichen Glauben.

Also antworteten sie: »Daß zum Besten von Würdigkeit genennet würd: so sein wir und verjähen uns Christen Menschen, und sind von der fernen oder hintern India von des Meeres Kraft mit Gewalt an dies End getrieben worden. Und wir möchten alle, von großer Arbeit, des Hungers sterben. Darum, wer mit seiner Reichtum wendet unsers Hungers nötige Armut, dem wollen wir Gnade und Barmherzigkeit von dem Ewigen GOTTe immer mit Fleiß erbitten.«

Als der Herzog das erhöret, da ward er froh; und hieß, sie mit guten kostlichen Speisen überflüssiglich versehen, und erzeiget ihnen alle Gutheit. Als sie nun satt waren, da fraget sie der Herzog, ob nicht Kriege oder Streit in ihrem Lande wären. Da antworteten sie und sprachen: »Herre, der König von Babylonia bekümmert und durchächtet mit großem Heere unser Land und Leute ohn Unterlaß, auf das Ende, daß wir abscheiden von dem Licht der Wahrheit und abtreten den Christlichen Glauben, und daß wir uns geben in die schändliche Finsternis der Abgötterei. Aber wir hoffen in GOTT den Herrn, der vollmächtig ist, uns zu bewahren unter den Flügeln Seines Schirms vor solichen Sündern, die heimlich fürheben den Lasterbogen, daß sie vergiftlich schießen die, die da sind eines gerechten Herzens.«

Von Stunde empfing der Herzog des Heiligen Geistes inbrünstige Hitze, und hätt Heimlichkeit seines Rates mit Grafen Wetzeln und andern, seinen bewährten Christlichen Kämmerern. Und ward mit ihnen überein, daß er wollte ziehen in die ferne India, zu fechten und zu üben die Streite GOTTes. Und darzu gaben die Mohren ihren Willen und vergunnten, daß er und die Seinen mit ihnen in ihrem Kiel fuhren, den er genugsam gespeiset hätte, und darzu wohl beladen mit allen Sachen, die ihm not waren. Und schied also, unerlaubt und ohn Wissen des Königs Arimaspi von seinem Lande, darum, daß er ein Heide war. Doch nahm er mit sich seine Gesellen und Wunderleute, die er in Streiten überkommen und gesammelt hätte. Und kam nach viel Schäden, Kummers und Besehung viel wunderliches Dings, das er in dem Meere hätt gesehen, in die ferne India.

Da hätt des selben Landes König eine gemeine Berufung und Sammlung seines Landes Fürsten und Herren geboten, die zu der Zeit bei ihm waren zunächst in einer Stadt, mit denen er, nach seiner königlichen Majestät, eine große Wirtschaft hätte. Und Herzog Ernst ward dem Mohrenkönig durch die Mohren, mit denen er gefahren war, fürgetragen und sein tugendliches Lob zumal sehr gepriesen. Nun, als der Mohrenkönig vernahm sein freundliches Wohltun, das er den Seinen auf dem Wege mannigfaltig hätt erzeiget, und auch seine adelige Frommheit und übertreffende Strenglichkeit, da empfing er ihn, mitsamt seinem Volke, mit großen Ehren und Würdigkeit. Und nach viel Dankbarkeit der Guttat, die er den Seinen auf dem Wege entboten hätte, nahm er ihn und die Seinen an seinen Hof. Und hielt sie zumal ehrlich, und gebot auch in allem seinem Lande, daß man sie in Ehren sollte haben. Und darzu bat der Mohrenkönig den Herzogen und Grafen Wetzeln, daß sie in seinen heimlichen Räten ihnen treulich wollten beistahn. Also geschah es gemeinlich, wenn die Mohren ihre tätliche Meinung fürlegten, daß der König und alle seine Räte erbaten des Herzogen weisliche Meinung und fürsichtigen Rates, dem sie gemeinlich in allen Sachen, als einer rechten endlichen Beschließung, nachfolgten.

Und eines Tags, zu Morgens früh, kam böse fliegende Mär, wie daß der König von Babylonia mit unzählig viel Heiden aus seinem Lande war ausgezogen, in dem Willen, daß er alle Mohren, jung und alt, Frauen und Männer, wollt martern und peinigen, die sich nicht von GOTT, ihrem Schöpfer, der da ist der Weg, die Wahrheit und das Leben, abkehrten und von Seinem Anbeten wichen zu der Falschheit des Unglaubens und anbeteten die Abgötterei. Von solicher erschrockenlichen Sage ward der König und all die Seinen zumal sehr erbleichen und in groß herzenliche Furcht kommen.

Als nun Herzog Ernst das merket, da tröstet er sie mit solicher trostlichen Vermahnung: »Mein gnädiger Herre der König,« sprach er, »und alle andern, meine Brüder und Väter, die all, als ich hoffe, in dem Buch des Lebens geschrieben sind, ich hab oft gehört und meine, ihr habts auch wohl von euren Predigern vernommen, daß – nach Sankt Jeronimi Lehre – nichts Säligers ist, dann ein frommer Christen Mensche, dem das Ewige Himmelreich verheißen ist. Und ist nichts so arbeitsam, als alle Tag schädlich warten seines Lebens Ende; und ist aber so nichts Stärkers, dann der den Teufel und seine Schildknechte überwindet, als denn ist der König von Babylonia und seine Mithelfer. Und zum vierten Male ist nichts Schwächers, dann wer von seinem eignen Fleische überwunden wird. Von solicher Ermahnung, lieber Herre, sollt ihr und die Eurigen und ich, mitsamt meinen Dienern, sie nicht fürchten, die den Leib töten oder mögen töten, denn unsere Seelen mögen sie nicht töten, sintemal, da sie nur in Wägen und Pferde, darauf sie geführt werden, ihre Hoffnung haben und hoffärtiglich üppigen Ruhm suchen. Aber wir sein das heilige Volk, die aus dem harten Felsen des Unglaubens sind auserwählt und gemacht worden Abrahams Kinder, durch GOTTes Auserwünschung zu Christlichem Glauben. Hierum sollen wir uns kecklich aufheben zu GÖTTlicher Hoffnung, und mit aufgereckten Händen und Herzen anrufen den Namen Unsers Herrn Jesu Christi, und sollen den freidigen Übeltätern ohn Verharrung entgegen ziehen. Doch sollt ihr hie hinter euch lassen alle die, die in irdischen Sachen und leiblicher Begierde verstrickt sind; denn, wir sterben oder genesen, so sein wir GOTTes Kinde. Doch sollen die vorgenannten streitbaren Heiden wissen, die dann des Antichrists Boten sind, und ich will ihnen, durch die barmherzige Gnad GOTTes, zu wissen tun, daß ich ihrer viele will, durch den leiblichen Tod, fällen in die Ewige Pein, und wäre auch bei ihnen der feurige Jupiter mit dem unflätigen Abgotte Machmet.«

Von denen und noch viel des gleichen trostlichen Mahnungen des großmütigen Herzogen ward der König von India und auch alle, die da waren, durch GOTTes einsprechende Gnade zumal wohl beherzt und erkeckt. Und sammelten, als Zeit und Statt ihnen verhänget, ein groß Christliches Heer, und zogen dem König von Babylonia entgegen.

Der hätt itzt vor längst die alten GOTTes Häuser und Kirchen zerstört und die Heiligen Sakrament daraus geworfen. Und hätt viel Mütter mit ihren Kinden, durch die Marter der Pein, um Christlichen Glauben gen Himmel gesandt. Also hieß der Mohrenkönig, seine Gezelte und Hütten zunächst bei ihm aufschlagen. Und da zu Morgens die Sonne den Himmelsrand überleuchtet, da kamen beide Streitheere mit sittlichen Fußtritten an die Statt, da der Streit sollte beschehen.

Also hieß der König von India sein Volk ein wenig still stahn, und mit solichen kurzen Worten und Ermahnungen sprach er zu ihnen: »Ach, allerliebsten Ritter, itzo nicht mein, sondern Jesu Christi, ihr habet nun wohl vernommen den elenden grimmen Tod und Marter, den die teufelische Freislichkeit der verdammten Heiden hat angetan so manichen frommen Menschen, jungen und alten, mit neu erdachten Peinen, um Christlichen Glauben. Und sehet wohl, daß die gegenwärtige Sache antrifft unsere Seele, Leib und Leben, Vaterland und zeitliche Ehr und Gut, mitsamt unsere freundlichen Weiber und Kinder, und darzu Vater und Mutter und auch alle Christenleute. Darum, seid eingedenk eures angebornen Adels und ähnlicher Strenglichkeit, und achtet heut, mit ernstlichem Fleiße, zu erlösen euer Leben und Vaterland, euer Leib und Gut von dieser ängstlichen Not, das ist, von dem beißenden Zorne der heidnischen Freislichkeit wider die Christen. Wenn ist, daß ihr heute das schwere Joch und große Bürde der heidnischen Untertänigkeit nicht kecklich ab euern Schultern weist, so werdet ihr immer mit einem armen Wesen gröblich beschwert. Dann ohn Zweifel werdet ihr empfinden, daß alle Peinlichkeit, mit Zerstörung euers Vaterlandes und Raubteilung euers Gutes, an euch von den unerbärmlichen Heiden soll ausgeführt werden. – Hierum erwählt, ihr guten Ritter Christi, aber meine Mitritter, erwählt euch, sprech ich; mehr, um Gott zu sterben, ist, daß seine Fürsichtigkeit das alles geordnet und geschickt hat, denn daß ihr durch schandliche Flucht wöllt euer kurzes und fürbaß schandliches Leben mit Ewiger Verdammnis, darvor uns GOTT all behüte, fristen. Doch hoff ich in die Barmherzigkeit GOTTes, dem wir heut Ritterschaft treiben, Er gestand uns bei, und verleihe uns, durch Seine GÖTTliche Hilf und Kraft, ihm zu Ehren loblichen Sieg Seiner Heiligen Christenheit.«

Nach solichen Worten sprach Herzog Ernste zu dem König: »Zeit und Sache, die uns der Feinde Zukunft verkündet, erheischet, daß ihr, Herr, der König, eure Spitze ordentlich, nach Streits Gewohnheit mit weiser Fürsichtigkeit, ohne Verziehen, anschicket, und Etliche darzu ordnet, durch die sie gemeistert und geregiert werden. Und sonders befehlt euer königlich Banner einem Keckmütigen, der darzu geschickt sei, das selb wider die Feind zu führen.« Da sprach der König zu ihm: »Deine ehrwürdigen Werke werden durch Jedermänniglich sehre verbriefet, wie so gar übertreffenlich sei deine mannigfaltige Tugend. Darum bitt ich dich durch GOTT, um Des Liebe du dich ins Elend hast geben und große Arbeit erlitten, daß du mein Banner führest. Des bitt ich dich fleißiglich, und gebiet dirs nicht, denn du unter meinem Gebote nicht verbunden bist.« Da antwortet ihm der Herzog und sprach: »Lieber Herre, der König, euerm fleißigen Gebete will ich gern und willig gehorsam sein, dann ihr seht wohl, daß uns itzt groß angstliche Not bezwingt.«

Also rief der Herzog an die Hilfe Christi, und nahm das Banner zu seinen Handen. Und von Stunde ward um ihn eine große Menge kecker Jünglinge. Da war auch behende hiebei Graf Wetzel mit seinen Mitgesellen, und sprach zu Herzog Ernsten: »Gnädiger Herre und Bruder, sintemal, und ihr das Banner zu euern Handen habt empfangen, so ziemt es euch, nicht länger zu verharren, sondern mehr zu eilen, und euch offenbarlich den Feinden unter ihr Angesicht zu antworten, da wir ein Genüge und Ursache des Streites mögen finden.«

Um solichen des Grafen Rat gab sich Herzog Ernst mit kecklichem und weisem Anrennen unter die meiste Menge der Feinde. Bei und um ihn blieb stätiglich alle Kühnheit der Ritterschaft, und sonders sein großer Gigant oder Riese, der einen großen Balken in seinen Händen führet. Da sprach der Graf Wetzel zu dem Herzogen: »Nehmt wahr, die Heiden nahen uns mit ihrem Banner. Es ist nun nicht mehr not viel Ermahnung, viel mehr kecker Werke, die unser Jeglichem von Not wohl ziemen. Darum, laßt uns gegen ihnen wenden!«

Und da ihm der Herzog folgen wollte, da kehret sich der König von Babylonia mit ganzer seiner Kraft und Macht mit großer Menge wider den Herzogen. Und ward also begangen der Streit, und nach kurzer Abstoßung der Speere am ersten Anrennen, die viel dicke und ferne hoch aufsprungen, da begingen sie erst den rechten Fechtstreit mit einander in der Nähe mit den Schwertern. Und wie wohl die zwei Heere einander gar ungleich wären an Menge oder Zahl der Personen, noch denn lag der Sieg lange Zeit auf der Wage und Zahlbrett des Glücks. Und als sie zu beiden Teilen lange fochten und stritten, da wurden der Toten auf beiden Teilen gar viel nieder gestreuet, und ward das Blut unter ihnen rinnen als von einem fließenden Wasser.

Und da der König von Babylonia sah, daß sich der Herzog mit den Seinen als die freidigen Leuen wider ihn und sein Volk mit scharfer Freislichkeit und großer Mannschlacht so kecklich satzten, da rennet er mit allen seinen Kräften an sie. Also fürkam ihn der edele Graf Wetzel, und mit einem besondern großen Schwertstreiche, nach seinem Vermögen, schlug er den König mit einem schönen Pferde, darauf er saß, ganz nieder zu der Erden. Und das merket er auch da, daß der große Riese, mit GOTTes Hilfe, seinem Herrn, Herzog Ernsten, kecklich beistund. Und weliche er mit dem Balken oder Stangen erreichen mocht, die schlug er, seinem Herrn zu Hilfe, daß sie tot vor ihm lagen.

Als nun die Heiden merkten und sahen, daß ihr Herre war niedergeschlagen, da meinten sie, ihm wieder aufzuhelfen. Und mit großer Menge liefen sie zu, und wer ihm wollt helfen, die wurden von Stunde von dem Herzogen und den Seinen, sonders von dem Riesen, niedergeschlagen zu Tode. Also zum Letzten, von hartgenöter Sache, mußte das ungläubige Volk weichen; denn der große Riese ihrer gar unzählig viel erschlug mit seinem schweren Balken und Streichen. Wann der Christen wären viel mehr erschlagen worden, hätt es GOTT, der des Ursach war, nicht also geschickt, daß sie der groß und starke Riese nicht so stattlich verwehrt hätte und von ihnen getrieben.

Und mußte sich der König von Babylonia bezwungenlich, mit seinem Schwertreichen, dem Herzog Ernsten begeben. Und trachteten die Heiden all zumale, wie sie, durch Fluchtes Fristung, sich vor den Christen mochten behüten und aufenthalten. Nun, da also der König von Babylonia gefangen und wohlverwahrt war, und als die Seinen ganz durch Weichen verblichen, da gingen die Christen an die Statt, da der Streich war verbracht. Und suchet da Jeglicher seinen nächsten Freund, Herrn, Gesellen oder Diener. Einer war wund, der ander ohnmächtig, der dritte lahm, der vierte nahe tot; einer zertreten, etliche erschlagen und erstochen. Da fand auch Herzog Ernst trauriglich einen seiner Gesellen erschlagen, der mit ihm war gewesen und erlöst aus dem schädlichen syrtischen Meere. Davon er an allen seinen Gliedern bewegt ward und beweinet und klaget seinen lieben Ritter und Mitbruder mit so jämmerlicher und kläglicher Gebärde, daß es ein steinhartes Herz möcht haben erweicht. Und nach der Heiligen Meß, die er seinem lieben Diener halten ließ, befahl er der Erden den Leichnam und, mit aller Andacht, GOTT dem Herrn die Seele.

Darnach kam er wieder zu dem gefangen König von Babylonia und sprach zu ihm:»Herr König, ich wollt gern trachten und schicken, daß ihr ledig würdet, möchte ich euch so viel trauen, daß ihr mich, nach Ledigung eurer Urfehde, wolltet führen in die würdige GOTTes Stadt Jerusalem.« Da antwortet ihm der heidnische König und sprach:»Ursach und Verbringnis dieser, von mir begehrten Sache mag ich in mir selbst nicht finden, sintemal du mich schier bis an den Tod mit schweren, harten Streichen geschlagen hast, und besonders von deinem treuen Grafen Wetzeln wegen, der mich so kräftiglich in dem Streit zur Erden hat geschlagen. Doch vergeb ich euch das also, seit daß euch unvermeidliche Sache in solichen angstlichen Nöten darzu bezwungen hätt.«

Da hieß Herzog Ernst, seine wunderlichen gefangnen Leute für den König von Babylonia führen, die vor ihm manichen hübschen Schimpf auszogen und erzeigeten. Und der Herzog saget ihm alle Historie und Läufe seiner großen Sorg und Arbeit, die er bis her auf den Tag, mit seinem Grafen und Gesellen, hätt erlitten. Da sprach aber der König von Babylonia zu ihm:»Ich hab mir itzo in meinem

Herzen ganz fürgesetzt und das festiglich zu halten: ist, daß du mich von dem gegenwärtigen Joche dieser Gefängnis vor dem König von India ganz ledig machst, daß ich deine Begierde, mit fleißigem Ernste, treulich will erfüllen, und will dir und den Deinen, mit genügsamer Zehrung und allen Notdürften, sichere Begleitung und Einführung verleihen in die von dir begehrte Stadt.«

Solicher Verheißung des heidnischen Königs ward Herzog Ernst zumal froh, und eilet bald zu dem König von India und sprach zu ihm: »Sintemal, daß euer Reich, von Schikkung des obersten Königs, GOTT des Herrn, mit Überwindung der Christen Feinde gesichert und hinfür ewiglich unbekümmert ist, so gefiele mir zumal wohl, wenn es euern königlichen Gnaden auch ein Wohlgefallen wäre, daß ihr, um Entledigung und Aussöhnung des Königs von Babylonia, mir befehlt zu gedenken und ratlich darin zu sein das Beste.« Da antwortet ihm der König von India und sprach: »Mir ist vielmehr ein Anders zu Mute: wann er wird mir nicht also leichtlich ledig, sondern er soll bezwungen werden, Christlichen Glauben an sich zu nehmen.« Diese Worte und Meinung des Königs von India war dem Herzogen nicht zu Herzen, und sprach, daß Christlicher Glaube nicht durch genöte Zwangnis, sondern durch eignen Willen und getreue Vermahnung der heiligen Predigt würde eingesäet in die Herzen der Menschen, die GOTT hätt auserwählt durch Seine GÖTTliche Fürsichtigkeit in dem Ewigen Leben.

Doch ward der König von Babylonia selbst gefordert für den König von India, von dem ihm genugsamlich ward dar getan, darzu Antwort zu geben. Und sprach zu dem König von India: »Nicht nöte mich, und laß mich unbezwungen zu euerm Christlichen Glauben! Aber nimm Gold und Silber um meine Erlösung, als viel du begehrst, mit solichem Unterschied und Verheißung, daß ich, die Weil ich lebe, weder dir noch deinem Reiche nimmer mehr kein Leid, Übel noch Unruhe will tun.« Von Stunde sprach der Mohrenkönig aus weisem Rate zu Herzog Ernsten: »O, unser, nach GOTT dem Herrn, hilflicher Erlöser und besondrer Beigestander, ist dir nicht dies wortliches Verhalten zu Herzen, oder wie gefället es deiner Bescheidenheit?«

Der Herzog sprach zu ihm: »Ja, lieber Herr, der König, es ist mit Treuen zu raten und mir zumal wohl an und gefällig; wann dardurch mag der Schiffboden euers Reichs an sichrer Schiffstatt ewiglich geruhet und friedsam bleiben mit GOTTes hilflicher Regierung.« Nachdem, als Herzog Ernst gar aus geredt, sprach aber der heidnische König zu dem von India: »Bei meinem Glauben, der da ist eine wahre Bestätigung alles meines Verheißens, und den ich durch keinerlei Ursache mit unstätem Verwandeln minder oder schwäche, so bestätige und verheiß ich dir darbei und bei guten Treuen, daß weder ich, noch keiner der Meinen, dir, König von India, deinem Reiche, noch keinem der Deinen, nimmer ewiglich weder Leid, Übel noch Verdrieß tue! Ja, begehrst du des, so will ich dir des schwören und geloben. Nun betrachte, was dir, nach Rate, zu Mute sei oder werde.«

Und nach fester Bestätigung des Königs von Babylonia Gelöbnisses sprach er zu Herzog Ernsten: »Meine getreuen Diener und Untertanen sind um mein Abwesen, als ich hoff, sehr traurig. Darum, von ihres Trostes wegen, eile ich, ohn Verziehen wieder heimsuchen mein Vaterland und wieder zu kommen in Besitzung meines Reichs. Denn bedarfst du meiner Begleitung gen Jerusalem, so sollst du dich auch ohn Verlängerung schicken, mit mir zu ziehen.«

Der Herzog war gefolgig seinen Worten, und fordert zu ihm die schimpfliche Frucht seiner sorglichen Arbeit, das waren die wunderlichen Leute, die er vor in Streiten gewonnen hätte. Und kam mit ihnen für den Mohrenkönig von India und sprach zu ihm: »Gnädiger Herre, der heutige gutgelobte Tag, Statt und Glück raten und geben mir Ursache, den fürgenommenen Weg zu vollbringen gen der Heiligen Stadt Jerusalem. Um manicherlei Gutheit und Freundschaft, die ihr und die Euern mir und den Meinen entboten habet, belohne euch die GÖTTliche Miltigkeit in Ewiger Säligkeit.« Da sprach der Mohrenkönig zu ihm: »Dies Wort deines Abscheidens von uns verwundt und betrübt mich zumal sehre und hart, und bedächtest du dich, fürbaß ewiglich bei uns zu bleiben, so würdest du von mir mit großen Ehren und Reichtum, mit hoher Gewalt, die von der Welt Liebhabern groß werden geschätzt, aufgerüstet und reich gemachet.« Darzu antwortet der Herzog mit sanften Worten also: »Alle Ehr und Reichtum dieser Welt und alle Wollust, die ich hie in diesem Leben immer möcht gewinnen, die verschmäh ich lauter ganz, und schätz es als minder, denn daß ich anschauen möge die werte GOTTes Stadt, die, nach ihres Namens Auslegung, wird gesprochen eine Beschauung des Frieds, um Des Lieb und Ehr willen, der von Anfang der Welt Seine Auserwählten hat erkoren und sie lieb gehabt bis an Sein End. Hierum laßt und verhänget, daß ich und die Meinen, die nicht länger hie wollen bleiben, mit dem Segen euers willigen Urlaubs von euch scheiden. Doch bitt ich euer königliche Majestät, daß ihr euch die Seele meines treuen Ritters und geselligen Bruders mit Andacht laßt befohlen sein, und sie euern Christlichen Priestern mit Fleiß befehlet. Darum bitt ich, mit ernster Demütigkeit, eure würdige Säligkeit.« Und da ihm nun von dem König Urlaub ward gegeben, mitsamt großen Schätzen Goldes, Silbers und kostliches edels Gesteins, und nach Heimsuchung und fleißigem Gebete mit Andacht ob seines Dieners Grabe, schied er und die Seinen, mit großen Zähren und kläglichem Weinen, von dem Mohrenkönige und seinem Volke von India. Und alle die Tage und Zeiten, die Herzog Ernst mit dem König von Babylonia zog, waren ihnen beiden und allen ihren Dienern kurz von manicherlei Schimpfe und Gaukelspiels, das die ungleichen wunderlichen Leute des Herzogen mit einander vor ihnen allen trieben, und machten ihnen den schweren und fernen Weg zumal unarbeitsam und gar kurz.

Da sie nun also etliche Tagereisen geritten, und der König schier nahet zu seinem Lande und Reiche, da warb seine Zukunft seinem Volke von Tag zu Tage verkündt. Die wurden über Maß erfreuet, und zogen ihm mit Schalle entgegen und mit großer Macht. Und da sie zu ihm kamen und so manicherlei seltsamer Menschen und Leut bei ihm sahen, da erschraken sie mit großem Verwundern. Da sie aber, von ihres Herrn Sag, vernommen Ursach und Verheißung seiner Entledigung und Urfehde durch Rat und Hilfe des gegenwärtigen Herzogen, des die wunderlichen Leut waren, da ward der edel Fürste und Herre und all die Seinen von des Königs Herren, Rittern, Edeln und Dienern gar hochwürdiglich empfangen und gegrüßet mit großen Ehren, und allzeit stätiglich von ihnen allen in ihren Sammlungen und Räten heimlich und offenlich hoch aufgeworfen.

Und da hätt Babylon itzo gar vergessen der großen angstlichen Ausrufung, als geschrieben steht in dem Buch der heimlichen Offenbarung *apocalipsi:* »Gefallen, gefallen ist Babylon!« Und gingen die Bürger und Einwohner von der Stadt heraus entgegen, mit großen Freuden, mit Pauken, Pfeifen, Orgeln und allerlei Saitenspiele, ihrem Könige, den sie lobten und ehrten. Aber da sie auch sahen des Herzogen wunderliche Leute, die mit ihm dar zogen, da entzog sich das Volk etwas lang von dem König, auf daß sie möchten schauen und sehen die seltsamen Munster, die der Ewige Werkmann, nach Seinem GÖTTlichen Willen, aus der Erden hätt gemacht und geformiert in manicherlei Gestalt, Größe und Sprachen.

Als man nun mit großzierlicher Würden und Ehren kam in des Königs Hof, und der König mit dem Herzogen und anderen Herren abgesessen war, da wurden die frechen Pferde angehest, die, mit Kauen ihrer schaumigen Zäume, die Erde scharreten. Und ward da der Herzog von dem Könige eingeführt gar in eine schöne königliche Kemnat, die mit allen kostbarlichen Gezierden war lustlich und herrlich umgeben. Und ward er und die Seinen von des Königs Rittern, Edeln und Dienern, als der König sie hieß, freundlich und lieblich umgeführet, zu beschauen des königlichen Saales Gebäue, Gemäch und Gezierde. Und ward ihm alles das zu Ehren und Dienst entboten, das, nach aller Scheinbarlichkeit, alle Fürsten und Herren dem König und ihm mochten entbieten und erzeugen. Denn wie wohl ihnen sein Christliches Leben und Wesen nicht gemeinsam war, sondern mehr wider sie, noch banne hätten sie ihn zumal lieb und wert um seine übertreffende Tugend.

Da nun vierzehen Tag vergingen, in denen er mannigfaltige große Freude hätt, da forderte Herzog Ernst zu sich seinen getreuen Freund und werten Grafen Wetzeln. Und kam bald zu dem König und sprach zu ihm mit solichen züchtigen Worten: »Herre König, die verheißene Führung und gelobte Begleitung begehr ich, mir geleistet werden.« Solicher seiner ziemlichen Begierde willfahrt der König bald mit fröhlichem Antlitz, und sprach zu ihm: »Meines verheißenen und getreuen Gelübdes, durchleuchtester und hochgeborner Fürste, sollst du von mir nicht Verzichtnis empfinden. Denn alles, das ich Hab, Ehr, Würde, Gut, Leib und Leben, mitsamt dem Reiche, wäre alles verloren, wärest du Treuhalter nicht gewesen. Ich will durch Fleiß schicken und bietlich schaffen, durch meine allergetreuesten Ritter und Diener, daß du und die Deinen, mit aller Notdurft des Weges und des Lebens, mit guter Sicherheit vor allen denen, die auf Erden leben, geführt werdet in deine begierliche Stadt Jerusalem.«

Da er Soliches geredt und nun wohl durch Erfahren verstund, daß der Herzog und die Seinen itzt ganz zu dem Weg fertig und bereit waren, da schenkt er ihnen einen unermeßlichen Haufen Gold und Silbers. Und hieß bald seiner getreuesten Diener und Ritter zwei tausend sich anlegen und mit Waffen zurüsten nach aller wehrlichen Not, die alle keck und strengmütig waren. Denen allen gebot er, bei ihren verheißenen Treuen und seinen königlichen Hulden unvermeidentlich, daß sie den Herzogen und die Seinen vor allem Übel behüteten und ihn mit treulichem Fleiß ehrlich führten an ein solich Ende, da man möcht anschauen die Stadt Jerusalem.

Also saß der werte Herzog zu Rosse mit seinen Dienern, und hieß voran ziehen seine kurzweiligen Leute. Und gesegnet ihn die ganze Stadt und die ganze Gemeinde um sein Hinscheiden. Und ward also von der heidnischen Ritterschaft und Schar, die, ihn zu begleiten, war zugegeben und geschafft, durch ihre Heidenschaft mit guter Sicherheit durchgeführt. Und ward von ihnen auf dem Wege mit guter Wirtschaft geehrt, und kamen also zum Letzten an ein Ende, da sie die werte Gottes Stadt mochten anschauen.

Da sprach zu ihm der Heiden Hauptmann: »Herre,« sprach er, »hie, an diesem Ende müssen wir euch, von Not wegen, verlassen, denn ihr seht nun wohl die Stadt, die von euern Christen stetiglich wird heimgesucht, zu der wir, über das Ziel, da wir nun sind, nicht baß ihr dürfen genahen, denn uns vielleicht Schädigung unsers Lebens von ihnen entboten würde. Hierum erlaubt uns, abzureiten!«

Da neiget Herzog Ernste gen ihnen gar demütiglich sein Haupt, und nach mannigfaltiger Dankbarkeit um alle freundliche Gutheit, die sie ihm auf dem Wege und vor entboten hätten, ließ er sie mit seinem Segen von sich scheiden. Und lobet da des Allmächtigen GOTTes Barmherzigkeit, daß Er ihn, wider seine Meinung und Hoffnung, durch Seine wunderbare Fürsichtigkeit, gnädiglich hätt geantwortet und gebracht zu Seiner werten Stadt.

Und als er in die Vorstadt zu Jerusalem kam, da ward ein groß Rumor und Meldung von Jedermänniglich, wie daß Herzog Ernst darkommen wäre. Und lief eine große Menge der Bürger zu, ihn zu sehen und zu empfahen; denn sie vor von ihm hätten gehört, wie daß er, mit dem Kreuze gezeichnet, ausgezogen wäre mit viel edler, ritterlicher Brüderschaft, in dem Willen, das Heilige Grab Jesu heimzusuchen, und wie er und alles sein Heer wäre eingeflossen, mit anderen Schiffen, die sich zu ihm hätten gesellet, und wären all verdorben in dem syrtischen Meere. Da auch die Priesterschaft des hochgelobten Fürsten Zukunft vernahm, da gingen sie ihm entgegen und empfingen ihn mit hochzeitlichem lautsingendem Lobgesange. Ihm ging auch der König von Jerusalem, mitsamt der Königin, selbst entgegen, ihn grüßlich zu empfahen.

Und da man nun saget, wie daß mit dem Herzogen viel wunderlicher Leute kommen wären, die mit ihm auf der Straß und Gassen eingingen, da lief Jedermänniglich zu, jung und alte, Frauen und Männer, solich seltsame Menschen zu beschauen, der sich aber niemand genug verwundern mochte. Und lobeten den fürsichtigen Herzogen mit großem Wohlgefallen. Also hieß da der Herzog seine Munsterleute, mitten in der Stadt still stahn; aber seinen großen Riesen, den hieß er, mit ihm gahn und von ihm, mit einer großen Stangen, die er in seinen Händen trug, das gemeine Volk zu beiden Seiten abwenden und ihm einen Weg durch sie machen. Und eilet da von Stunde mit seinen Mitbrüdern, zu dem Heiligen Grabe zu kommen.

Als er nun darzu kam, da opfert er des ersten sein zeitliches Opfer; darnach fiel er ganz zu der Erden und opfert zum andern Male das geistliche Opfer seines reuigen Herzens. Und da er die Erden hätt feucht gemacht mit dem Regenflusse seiner andächtigen Zähren, da sprach er: »O der heutige aller süßeste Tag über alle die Tage meines Lebens! Wie gar groß und milde Gabe geistlicher Freuden hat uns GOTT der Herre getan, daß Er uns so aus manicher Trübsal und Angst des bittern Todes oft hat erlöset, und uns gnädiglich mit Gesundheit her geantwortet zu Seinem Heiligen Würdigen Grabe! Darum, in der Ehre des so barmherzigen Unsers Schöpfers und Erlösers von der Angst des scharfen Todes, der uns oft verschlingen wollte, so gelob und verheiß ich Ihm, ein ganzes Jahr mit meinen Untertanen und Mitbrüdern hie zu dienen.« Als er das geredt, da ward er von der Erden von ehrwürdigen Personen aufgehoben; und ward der König und die Königin soliches seines Verheißens, mit allem gegemeinem Volke, zumal von Herzen froh.

Darnach, über kurze Zeit, kamen die Tempelherren und Spital-
meister und klagten dem König von Jerusalem von mannigfaltiger
Schädigung und Wüstung ihrer Stadt und Provinzien,die ihnen die
Heiden sehr schädlich hätten angegriffen. Nach solicher offener
Sage sprach der werte Graf Wetzel: »Mit Behaltung meines Herrn,
des Herzogen, Gnade, der mir nicht für übel aufnehmen wolle, daß
ich ihn mit Worten fürkomme, so weiß ich an ihm so oft bewährte
Tugend, daß durch ihn, mit GOTTes Vorhilfe, ob er im Leben bleiben soll, eure mannigfaltige Schädigung und Kümmernis mit hilfli-
chem Gemache wird widerkehrt, also, daß er euern Übeltätern in
kurzer Frist Überflüssiglich wird vergelten und zahlen ihre Ungerechtigkeit mit baß gemeßnem Maße, dann euch des Teufels Kinder
haben gemessen.«

Soliche wahrhafte Worte wurden nach Notdurft festiglich bewährt durch den viel klaren und strengen Fürsten Herzog Ernsten,
mit Verbringung der Werke: denn etliche Städt und Provinzien, die
itzt durch die heidnische Freislichkeit sehr verwüstet waren und die
bald in Kürze wären vernichtet und vertilget worden, wäre ihnen
das Mittel der Hilfe nicht zu statten kommen, die brachte der Herzog, mit streitlicher Hand und Macht, wieder unter der Christen
Gebiete und Gewalt. Und als ein kecker Leue hoffet er nicht in sich
selbst, sondern in GOTT den Herrn, um des Willen er viel Schaden,
Mannschlacht und Raubnehmens an den Feinden Christi und Seiner
Heiligen Kirchen beging.

Darvon kam, daß der König von Babylonia allen seinen Dienern
und Untertanen bietlich riet, daß sie sich von Anfechten und Kriegen der Stadt zu Jerusalem und von allem dem, das darzu gehö-
ret,allermeiste sollten hüten und sie ungekümmert lassen, die Weil
der mannhafte Fürste Herzog Ernste in dem selben Land wäre;
anders sie würden alle von ihm gefangen und erschlagen oder ertötet, des streitbarliche Großmütigkeit er selbst vormals wohl erfahren
hätte.

Also ward von dem wohlriechenden Geschmack seiner tugendlichen Frommheit sein Name in viel Menschen Mund gegeben als ein
süßer Honig. Es geschah auch, daß seine werte und liebste Mutter
Adelheid, die Römische Kaiserin, vernahm, daß ihr liebster Sohn,
Herzog Ernste, mitsamt seinem liebsten Freunde und Mitbruder,

Grafen Wetzeln, wäre zu Jerusalem. Da vergoß sie von Stunde um ihn heimlich einen Regen ihrer fließenden Tränen. Und nach dem, als sie nach Gewohnheit GOTT dem Herrn ihre andächtigen Gebete für ihn hätt gesandt, da sprach sie in sich selbst: »Mein Sohn Erneste, mein trautherzliebster Sohn, wer verleiht mir, daß ich, etwann vor dem End meines Todes, anschauen und gesehen möge dein begierliches Antlitz!«

Unter den Zeiten kam zu ihr der Kaiser Otte, und merket wohl das Vergießen ihrer Zähren, und fraget, warum sie geweint hätt. Und setzet das darzu: »Frau Adelheid, ich hab euch etliche Botenbrot zu sagen: euer Sohn Ernestus ist zu Jerusalem, und als man sagt, so ist er nahe ganz grau worden.« Zu den Worten ward die liebe Kaiserin erst recht bitterlich und ossenbarlich weinen und von Herzen erseufzen. Und sprach zu dem Kaiser:

>»Herr, solich graue Scheitelhaar
>wachsen meinem Sohn, das glaubet zwar,
>vor rechter Zeit der Natur itzt nun.
>Wannen kommt das meinem liebsten Sohn?
>Solich unfürsichtiges Alter schnell
>kommt von manichem Übel und Unfäll,
>das ihm gar groblich geschehen ist,
>und großer Arbeit zu aller Frist.«

Nach dem, als der Kaiser aus der Kemnat kam, da ward er von seinem Hofgesinde und edeln Rittern und auch Dienern demütiglich und mit allem Fleiße ernstlich gebeten, er wolle, mit Ablassen seines Zorns, den Herzogen mit Sicherung seines Lebens wieder zu Gnaden seiner kaiserlichen Majestät aufnehmen; des sie von ihm, mit Verdienst seiner Ungnaden, nicht gewährt wurden.

Die Weile verging das Jahr, das Herzog Ernst mit viel arbeitsamem Schweiß und arbeitsamer Tugend hätte verzehrt um GOTTes Ehre und Christlichen Glauben. Und wie wohl, daß ein jeglicher starkmütiger Mann alles Erdreich hat gleich als fUr sein Vaterland, als den Fischen das Wasser, noch verlangt oft einen Menschen nach seinem Vaterlande und alter Wohnung. Darum durchsuchet er vorhin fleißiglich alle Stätten der Wunderwerke und Heimlichkeit Unsers Herrn Jesu Christi mit seinem andächtigen Gebete und aus

ganzem seinem Herzen. Und begehret darnach den Segen und Urlaub von dem Patriarchen, auch von dem König und der Königin
und von viel andern trefflichen Personen, geistlichen und weltli-
chen, und auch von der Stadt Obersten und Hauptmann. Und er
nahm da mit sich all sein wunderliches, hartgewonnenes Spielvolk
und auch zwei tausend Pilgrim, die, mitsamt seiner Bruderschaft,
wollten mit ihm über Meer fahren. Mit denen allen er aus der werten GOTTes Stadt schied, mit großem, kläglichem Weinen der Bürger, die um sein Hinscheiden zumal sehr trauerten.

Zum Letzten saßen sie auf die Kiel und Galeinen und durchfurch-
ten und schifften das Meer und kamen mit schifflichem Winde gen
Barus. Da starb ihm seiner zwiegestalten Menschen einer, der den
platten Fuß hätte. Die selben Bürger bereiteten zierlich eine wohlbe-
setzte Schiffahrt und fuhren ihm loblich entgegen und empfingen
ihn und die Seinen mit ehrlicher Würde und entboten ihnen Zucht,
Ehre und alle Freundschaft. Und als sie nun auch sahen die wun-
dergestalten ungleichen Menschen, des erschraken sie viel sehre
und sprachen: »Wie gar großwürdig ist der edel Fürste, der in unsere Stadt also mächtiglich einzeucht mit so wunderlichen Leuten.«
Daselbst verharrt er mit seinen Mitgefährten zween Tage, GOTTe
und dem lieben Herrn Sankt Niklausen zu Lob und zu Ehren. Darnach saß er wieder auf mit seinem Volke und der Stadt Bürgern, die
ihm zu Ehren williglich das Geleite gaben, und in glücksamem Fahren kamen sie in etwie viel Tagen gen Rom. Da zog ihm aber aller
römischer Adel, Senat und Bürgerschaft entgegen, und mochten alle
der wunderlichen Munsterleute nicht satt werden mit Anschauung.
Da man nun zu der Kirchen kam der Heiligen Zwölfboten da ward
ihm der Eingang des Tempels ganz benommen von der großen,
unzähligen Menge des Volkes, das ihn mit Begierden sah und lobet.
Vor denen er nicht bald ein mocht kommen, und ward also vor dem
Tempel von Jedermänniglich großloblich empfangen. Darnach
ward er von aller gemeinen Priesterschaft, in des Papstes Gegenwärtigkeit, aber mit hübschem Lobgesange empfangen.

Und als er die lieben Heiligen mit fleißiger Andacht angebetet, da
führet ihn der Papst selbst mit sich in seinen Palast, ihn zu beher-
bergen, und wurden alle andern, seine Diener und Mitbrüder, in
andere Herbergen von den Römern allenthalben geführt. Nach viel
süßem und lieblichem Gespräche mit dem Papst und nach reicher

Wirtschaft, die ihm der Papst entbot, ward er von ihm und den anderen Edeln und Senaten mit demütigem Fleiße gebeten, daß er ihnen alle Historie und Verlaufen seiner unausleglichen Arbeit erzählte; dardurch er ihrer viel zu bittern Zähren beweget. Zum Letzten leget er ihnen in treulicher Klagweis für seine ungütliche und unrechte Austreibung von seiner Herrschaft, väterlichem Erbe und Besitzung seiner Güter, die ihm, unverdienet und allzumal unschuldiglich, von dem Römischen Kaiser Otten, seinem Stiefvater, wäre geschehen; das dem Papste, mitsamt allen edeln Römern und Senaten, zumal leid und wider war.

Und nach dem, daß er und die Seinen dem Papste ihre heimliche Beicht täten, nach Christlicher Gewohnheit, mit reuigem Herzen, da entlediget sie der Papst offenlich, vor aller Priesterschaft und Senaten, von allen Sünden und Bannen, die sie vormals begangen hätten, mit Brennen, Rauben, mit Mannschlacht und in anderer Weise, da sie dannoch wider den Kaiser kriegten. Da nun das alles also vollendet war und der Herzog mit andächtiger Demütigkeit hätt angebetet die lieben Himmelsfürsten Petrum, Paulum und ander liebe Heiligen, die dann da rasten bis an den Jüngsten Tag, da nahm er den päpstlichen Segen und macht sich aber so mit seinem Gesinde auf den Weg. Also täten viel Pilgrim Urlaub von ihm begehren, die mit ihm über Meere von Jerusalem waren gefahren.

Und da er also mit den Seinen, von Tage zu Tage, je länger je näher, kam zu deutschen Landen, da sprach er eines Tages mit herzlichem Seufzen: »Ich vermeinet etwann, da ich war in weit fernen Landen, ich hätt meiner Arbeit ein Ende gemacht. Aber nun, jetzt in meinem Vaterland, erhebt sich erst der Anfang meiner Arbeit und furchtlichen Schädigung meines Lebens. Etwann Hab ich frommen Leuten, die des begehrten, Herberg gegeben, aber itzo muß ich, armer flüchtiger Gast, in unstätem Wesen von andern Herberg bittlich begehren. Hierum, Ewiger GOTT und Herre, sieh an mein groß Trübsal, und urteil nach meiner Unschuld, und verleih mir Deine GÖTTliche Gnad und Hilfe, daß ich vor des Kaisers Auge möge milde Gütigkeit erfinden. Und darzu mit Freuden möge beschauen meine allerliebste Mutter, die dann bis her zumal unsäglich traurig und sorgfältig ist um mein Abwesen.«

Wie Herzog Ernste wieder in Kaiser Ottens Huld und Gnade genommen ward

Als er nun ganz in deutsche Land kam, da geschah es, daß Kaiser Otte eine gemeine Sammlung und Hof hieß verschreiben und berufen auf den heiligen Christtag zu Weihenacht gen Nürnberg, allen Fürsten und Herren, Grafen, Rittern und Knechten, von deS heiligen loblichen Tages wegen.

Darum, nach seiner getreuesten Mitgenossen williger Meinung, deren Rat er pflag, gab sich der kühne fürstliche Herre Herzog Ernste in eine gar schädliche Sorgfältig keit seines Lebens, mit großer Hoffnung, die er hätte zu seiner Mutter, der Kaiserin. Und er ließ unter den Wegen alle andern seine Mitgenossen und seltsamen Wundermenschen, ausgenommen seinen getreuen Freund, Grafen Wetzeln, den er allein mit sich nahm. Und kamen beide in die obgenannte Stadt Nürnberg, da es itzt Abend und dunkel war. Und hätten sich gar wohl verbunden, daß sie niemand mocht erkennen.

Als nun die Mettenzeit kam und die Glocken helle erklungen und Jedermänniglich, jung und alt, Mann und Frauen, von solicher Hochzeit wegen sich gaben und eilten zu dem GÖTTlichen Amte der Metten, da sprach der liebe Herzog Ernst zu seinem Grafen Wetzeln: »Ich begeb mein und dein Leben in die Hand und Gewalt des Kaisers aller Kaiser mit ganzem Fleiße; und ist, daß du das ratest, so will ich auch eilen in die Kirchen und da suchen meine liebste Mutter, die Kaiserin. Und ist, daß mir GOTT die Gnade verleiht, daß ich sie finde, so will ich ihr unser Hiewesen zu wissen tun.«

Als Graf Wetzel das Wort und Meinung höret, da gefiel es ihm gar wohl. Da bedecket der Herzog sein Antlitz, daß ihn niemand erkennet, und kam mit großer Furcht in die Kirchen. Da er viel Fürsten und Herren sah stahn, da gleisnet er sich, als ob er ein Almosener wäre, und ging mit listiger Spähe von einem Winkel zu dem andern, als ob er bettelt. Bis er die Kaiserin Adelheiden, seine Mutter, in einem Winkel ersah, die zu der selben Stunde ungefähre, als sie darnach selbst bekannte, um ihres Sohnes Gesundheit und Buß Christum, den Wahren GOTTes und des Menschen Sohn, mit lauterm andächtigem Gebet anflehet. Also nahet er sich zu ihr mit gemächlichem Zugang und sprach züchtiglich zu ihr: »O aller edelste und gnädigste Frau, ich Armer klopf an die Tür eurer Barmherzigkeit und bitt euch mit demütigem Fleiße, daß eure würdige Tugend mir, mit euerm fleißigen Bitten, Gnade und Barmherzigkeit erwerbe um den Römischen Kaiser. Denn ihr sollt ohn allen Zweifel wissen: ist, daß mich der freidige Zorn des Kaisers durch den Tod verschlinget, daß mein Tod euerm reinen Herzen einen gar unleidenlichen Schmerz würd bringen.« Da blicket ihm die Kaiserin ungefähre schnelliglich unter seine Augen und merket etlichermaß seine Gestalt und sprach zu ihm: »Du sollst dir nicht fürchten noch argwohnen, daß du keinerlei Schaden deines Lebens seiest warten von meinem Herrn, dem Kaiser. Denn was hast du Todeswürdiges begangen oder verwirkt vor des Kaisers Augen, der du doch itzt ganz alt und grau bist, als man sieht? Morgen will ich den Kaiser fleißiglich für dich bitten. Doch was deine Schuld und Verwandlung sei, das sag mir! Von wannen bist oder kommst du itzt her? Hast du nicht Märe vernommen oder gehört von Einem, mit Namen Herzog Ernst von Bayern, der über Meer ist gefahren?«

Als sie das geredt, da sprach er zu ihr: »Frau, ihr seid meine Mutter.« Da wurden ihr angehends die Augen voll Zähren, und sprach zu ihm: »Ei, wie bist du denn so grau und alt geschaffen?« Da antwortet der Herzog – als vor ist geschrieben:

> »Solich grau Haar und alt Gestalt
> kommt mir von Übel mannigfalt;
> groß Sorg und Arbeit, die mir anleit,
> machten mich grau vor rechter Zeit.«

Also fraget sie und sprach: »Liebster Sohn, ist noch im Leben dein getreuester Freund, Graf Wetzel?« Er antwortet ihr und sprach: »Ja, treue Frau Mutter, er lebt noch, durch GOTTes Gnaden, in guter Gesundheit.«

Und da wollt ihm die Kaiserin baß nahen, ihn zu fragen; da sprach er zu ihr: »Standet stille, liebste Frau Mutter, daß ich meinen Feinden durch eure Wort und Zuhaltung nicht gemeldet werde, ich müßte anders ohne Verziehen sterben. Ich will mich itzt von euch scheiden. Aber ist euch was wissend, wie ich wieder möge kaiserliche Gnad und Huld erwerben, des Rates und mütterlicher Hilfe verzieht mich nicht!« Da war die Kaiserin Übermaß erschrocken und sprach zu ihm: »Herzliebster Sohn, der Bischof von Babenberg wird morgen das würdige hochzeitliche Amt singen. Ihn und andere Nahgeborene, deine guten leiblichen Freunde, Fürsten und Herren und deine getreuen Gönner, will ich die Zeit vor unterweisen und fleißiglich von ihnen begehren, den Kaiser, mitsamt mir, für dich zu bitten. Darum, als bald man das heilige Evangelium ausgesungen, und der Bischof den Segen darnach gibt, so sollst du dem Kaiser zu Füßen fallen, und allein mit bittlicher Stimme Gnad und Barmherzigkeit flehen. Und sollst, um nichts nicht, vor Gnaden dein Antlitz aufdecken, oder, ohn Zweifel, dein Leben wird dir genommen; so will ich und der Bischof von Babenberge, mitsamt anderen Fürsten und vor unterrichten Herren, versuchen zu löschen des Kaisers brennenden Zorn wider dich.« Also ward eist der edel Fürst gesetzt zwischen die Hoffnung und Furcht und sprach:

> »Ich glaub, daß des morgigen Tages Schein
> aller meiner Tag ein End werd sein.«

Von Stund redet die Kaiserin mit dem Bischof und andern treuen Herren und Edeln, und bat sie alle in geheim, ihrem Sohn, Herzog Ernsten, Gnad, mitsamt ihr, zu erwerben von dem Kaiser, wenn sich das gebühre. Und ihrer Jeglicher mit treuem Rat Hilfe und Bitte verhieß, nach allem seinem Vermögen. Da offenbaret auch Herzog Ernst seinem lieben und getreuen Freunde, Graf Wetzeln, der Kaiserin Rat und Meinung, das er zumal für gut und gerecht bewähret.

Als nun die Tagröte den Himmel hätt übersprenget, da kam der liebe Herzog, mitsamt dem Grafen Wetzeln, in die Kirchen mit großer menschlicher Furcht und GÖTTlicher Andacht. Nun, da die Zeit kam, die ihm seine Mutter vorher hätt gezählt, da ließ der Graf den Herzogen allein eingahn für den Altar, furchttrauriglich; und stund hinter der Chortüre mit einem bereiten Schwerte, das er zu Händen hätt genommen, ob seinem Herrn, Herzog Ernsten, was, Gefängnis oder ander Leibes Not, begegnet, daß er dann ritterlich ihm zu Hilf herfür spränge, und den Kaiser, ohn alle Barmherzigkeit, erstäche und töte.

Und als nun Kaiser Otte nach kaiserlicher Gewohnheit mit hochzeitlichem Kleide kostlich war angelegt, als dann der Kaiser Sitt ist an heiligen Tagen, und auf seinem Haupte trug des Römischen Reiches Krone, daß er Messe wollt hören: da ging er kostlich her, mit viel Gepränngs der stolzen edeln Fürsten, Grafen, Freien, Ritter und Knechte umgeben, und saß auf einen hohen, zierlich schön bereiten Königsstuhl. Die Weil kam die Kirche voll andern edeln und gemeinen Volkes, Frauen und Männer. Es ward auch nach ihm eingeführt die zarte sorgfältige Fraue Adelheid, Kaiserin, mit außermaßen schönem kaiserlichem Kleide, sonders in einem kostlichen Mardermantel, der war, als man saget, von feinem Purpur. Daran sie trug eine kostliche gulden Spangen, die mit seltsamen und kostbarlichem edelm Gestein, von India aus dem Mohrenland dargebracht, mit einem schönen Häftlin, von schönem lauterm Golde gewirket. Davon, als man spricht, die ganze Kirch erleuchtet ward als von der Sonnen Widerglaste. Die ward nun auch ehrlich, mit viel zierlichen edeln Frauen und Jungfrauen umgeben, eingeführt in den Chor. Und lobet sie Jedermänniglich um ihren geraden stolzen Leib und adelige Gestalt, und ward auch, neben den Kaiser, auf den Königsstuhl gesetzt. Ihre zierliche Hübsche und Schöne merket der Kaiser Otte, und hätte etwas ein Wohlgefallen in ihr, und, als in schimpfweis, sprach er zu ihr: »Frau Adelheid, ihr habt euch vormals meiner Gegenwärtigkeit nie so zierlich erzeigt und entboten. Es gefällt mir, daß ihr fürbaß allzeit euch meiner Gegenwärtigkeit also schön zierlich fleißt zu entbieten.« Da sprach sie zu ihm: »Gnädiger Herre, ich bin bereit zu aller Zeit, mich nach euch zu sehnen, und gehorsamlich zu pflegen des Willens eurer kaiserlichen Majestät. Aber der König der Ewigen Glorie gebe und gieß euerm Gemüt ein, daß ihr auch willig seid meinen keuschen Begierden und gut gerechtem Willen.«

Also ward auch der Bischof von Babenberge mit heiligen Kleidern, die mit ihrer Köstlichkeit diesen heiligen Tag bezeichneten, angelegt. Und hub da an das heilige lobliche Amt, mitsamt dem fleißigen Gebete des gemeinen Volkes. Darnach sang er das Heilige Evangelium mit seiner eigenen Person mit lauthallender Stimme. Nach dem er eine nütze Predigt tat mit guter Vermahnung. Und, unter andern Worten, satzt er darzu und sprach: »Eine jegliche Tugend ohn die Liebe, die verliert ihren Namen und Nutz gänzlich; dann ohn die Wurzel der Lieb mag keine Tugend gewachsen noch bestahn.« Und sprach mehr: »Eine jegliche ander Tugend wird dem Menschen geraten, aber die Tugend der Lieben wird uns von GOTT selbst geboten, als Er spricht im Evangelio: ›Das ist Mein Gebot, daß ihr einander lieb habet.‹ Und ohn diese Tugend ist unmöglich, daß Jemand GOTT möge sehen noch Wohlgefallen. Darum kehre und reute aus, auf heut, den heiligen würdigen Tag Unsers lieben Herrn Jesu Christi, das alt Urhab oder Häftlin einer jeglichen Sünde. Ein jeglicher fromme Christenmensch werfe von sich das Gift des lange währenden Zorns und alten Neides: denn welcher Mensch, als der hochhallende werte Evangelist Sankt Johannes spricht, neidet seinen Nächsten oder Bruder, der ist ein Mordbeganger. Hierum, vergeb heut durch GOTT ein jeglicher Christenmensch seinem Nebenchristen und Schuldiger seine Schuld und Widerdrieß, daß GOTT der Herre, des Schuldiger wir alle sein, ihm auch abläßlich vergebe seine sündige Missetat, die er Ihm schuldig ist.«

Unter den Worten ging der furchtsame elende Fürste Herzog Ernste durch das Volk herfür in einem grauen Kappenkleide, dem das Volk alles zumal nachsah, darum, daß er so schnelle durch sie aus drang. Und fiel dem Kaiser da für seine Füße, mit wohlbedecktem Antlitz, daß ihn Niemand mocht erkennen. Und begehret, bittlich weinend und mit kläglicher Stimme, und schrie, lautredend: »O aller edelster Herre, der Kaiser, um den hochzeitlichen würdigen Geburtstag des obersten Kaisers, Unsers Herrn Jesu Christi, nimm und empfahe mich in Gnad deiner kaiserlichen Majestät, wann die Augen deiner Klarheit sind wider mich ohn alle mein verdiente Schuld!«

Von Stund liefen allenthalben zu die Fürsten, Herren und edeln Ritter, denen die Sach, von heimlicher Vermahnung der Kaiserin, vor kund war, mitsamt denen, die nicht wußten, was; und rieten, mit fleißigem Gebete, Kaiser Otten, daß er den seiner Gnad dürftigen Menschen, um GOTTes Ehre und Liebe, mit sühnlichem Vergeben und Sicherung aufhüb von der Erden.

Da sprach der Kaiser, mit wohlgemäßiger und züchtiger Gestalt seines Antlitzes zu ihnen: »Lieben getreuen Freunde und Diener, ich will nicht, daß ihr mir sobald ratet, ihn aufzuheben von der Erden, denn ich nicht weiß die Ursache der Übertretung und Missetat wider die Höhe der geletzten kaiserlichen Majestät.« Von Stunde war da die Kaiserin und sprach zu ihm: »Mein gnädiger liebster Herre und Gemahel, die Schuld und Übertretung sei, was das sei, das vergebt ihm barmherziglich, um die Ehre des heutigen würdigen Tages, daß der Kaiser aller Kaiser, in des heiligen Geburt Jahrtage heut alle Mutter der Christenheit loblich feiert, euere Sünden, ob ihr etliche wider Ihn begangen habt, euch auch gnädiglich vergebe!«

Also mäßiget da Kaiser Otte seine zornige Hurtigkeit um der Kaiserin fleißiges Gebete, und wußte doch noch nicht, wer er war. Und gebot ihm, mit Vergebung, von der Erden aufzustehn, und gab ihm den Kuß des Frieds. Da merket und erkannt er erst im Anschauen, wer er war: darum ward er entzündet wider ihn zu hitzigem Zorn. Die selben zornlichen Flammen erschienen offenlich in seinem entzündten Antlitz, das er wieder verwandelt von seiner gemeinen Röten in eine Ergiblung; und sah Herzog Ernsten mit freidigen krummen Augen grimmiglich an. Das merkten aber die edelsten Fürsten und Herren und sprachen zu dem Kaiser: »O gnädigster liebster Herre, der Ablaß und Vergebung, die euer kaiserliche Majestät dem armen Bittenden verheißen hat, durch GOTTes Ehr und Liebe, sei um was großer Schuld das sei, die er wider euer Gnad begangen hat, die ist und soll sein unwiderrufenlich. Und wir bestätigen, daß soliche GÖTTliche Versöhnung billig zu halten sei, das wir alle gemeinlich von euern kaiserlichen Gnaden bittlich begehren.« Zum Letzten antwortet ihnen der Kaiser mit züchtiger Stimme und Antlitz: »Sintemal, daß solich Ablaß und Vergebung euch zu Sinne und zu Mut ist, so will ich, daß er auch mir zu Herzen sei.« Und als nun zu ihm lief der Adel, mitsamt der Gemeinde, da er den Herzogen gnadet, da fraget ihn der Kaiser, wo der Graf Wetzel wär. Da antwortet ihm der Herzog: »Mein gnädiger Herre und Vater, er ist nahe hie bei.« Da gebot ihm der Kaiser, daß er ihm selbst antworte. Also führet ihn der Herzog, gar erschrocken, mit Verwegnis seines Lebens für den Kaiser. Als er ihm geantwortet ward, da grüßet ihn der Kaiser gar gütlich, und sprach zu ihnen solichen Gruß: »Und daß ich euch in meine Gnad und Söhnung hab aufgenommen, die da sind Schuldiger und Übeltäter des Heiligen Römischen Reichs, das hat euch verliehen GOTT, der Himmlische König. Dann wenn mir Christus, des heiligen Jahrtag Seiner Geburt wir, Seine Diener, heut begehn, das nicht hätt eingesprochen und geben, so war mein endliches Urteil und Meinung, daß ich euch mit Leib und Gut bis in den Grund wollt vertilgt und vernichtet haben.«

Von solichen trostlichen Worten ward der Graf Wetzel sehr froh, und leget von sich die Furcht des Todes, die er vor empfangen hätte. Und nahm ihn die Kaiserin selbst bei ihrer Hand, und nach dem, als ihm der Kaiser auch gab den Kuß des Frieds, als dem Herzogen, da küsset ihn auch die Kaiserin mit einer rechten keuschen Lieben, darauf aller Umstand des Volkes merklich zusah. Und von Stund, von Gebot des Kaisers, wurden sie beide mit kostlichem Gewande zierlich bekleidet, als denn kaiserlicher Majestät wohl gezam. Und wurden ihrer beider Weis und Gebärde von Jedermänniglich vor andern Leuten gemerkt unter dem andern Teil der Meß.

Nach dem, da nun die Meß vollendet war und der Bischof den Segen gab, und alle andern Fürsten, Herren und Adel nach und vor dem Kaiser, nach Ordnung aus dem Chor traten, da nahm der werte Graf Wetzel Frauen Adelheid, die Kaiserin, bei ihrer Hand und führet sie auch herrlich aus der Kirchen an die Herberg, da die Tisch mit mannigfaltiger Zierlichkeit bereit waren.

Also sandte da, ohn Verziehen, Herzog Ernst einen strengen Boten, zu bringen seine wunderlich gestalten Spielleute, die in einer Nähe dabei heimlich waren. Und da sie dar wurden geführt und mitten in den Kreis, für den Kaiser und die Kaiserin, wurden gestellet, da sie vielleicht itzund mit ihren höchsten Fürsten und Herren zu Tische saßen, und als man nun solich vor ungesehen Munster sah, da rucket Jedermann die Tisch von sich. Und von Begierde, soliche ungehörte Menschen zu sehen, hätte Jedermänniglich Verdrießen und Unwillen zu kostlichem Essen und Trinken; ja, die Tisch und Bänke, auch die Stuhl wurden voll Volkes, das, je länger je mehr, zulief, zu schauen solich seltsame GOTTes Geschöpf, der sie nicht genug mochten gesehen. Da faß tder Herzog das Zwergmännlin, das nur zweier Ellenbogen lang war, für sich an den Tisch, und rief da zu sich seinen großen starken Riesen. Darnach kamen die pannochi, die mit ihren Ohren allen ihren Leib bedackten, daran alles Volk ein groß erschrockenliches Verwundern hätte. Nicht minder verwundert sich Jedermann, da die zween Menschen von Arimaspi fürgingen, deren jeder nur ein Auge vorn an der Stirn hätt. Die alle da waren, mitsamt zween überschwarzen scheußlichen Mohren.

Und als nun Jedermänniglich den edeln Fürsten Herzog Ernsten mit großem Lob erhöhet und ausrief bis zu den Sternen (also zu reden), da nahm er herfür den Stein unionem, den er mit sorglich großer Arbeit gewunnen und in Leibes Nöten erkoren hätt, als oben beschrieben ist. Und schenkt ihn dem Kaiser Otten, dem er – und allen seinen Fürsten und Herren, von denen er darum fleißiglich gebeten ward – alle seine und seiner Mitgenossen große Arbeit, Sorge, Schaden und Kümmernis, mitsamt unzählig viel Gnaden, die ihnen GOTT hätt erzeiget, klarlich, von Anfang bis an das Ende verkündet und erzählet. Darvon der Kaiser mit seinen Räten und Dienern sechs ganzer Tage in seinem *consistori* saß und verhört die Sachen, wie es dann der Herzog ordentlich nach einander saget, und ihnen auch alle gemeldten Stücke mit wahren Zeichen und zeuglicher Kundschaft des festen Grafen Wetzeln und auch der andern dreien Gegenwärtigen, die von diesen Landen mit ihnen waren ausgefahren, und voran mit den seltsamen wunderlichen Munstern, die er an manichen Enden mit streitbarer Hand hätt zuwegen bracht, die auch alle da vor ihnen stunden.

Und Kaiser Otte gebot da seinen Kanzlern und Schreibern, daß sie diese Historie mit fleißiger Wahrheit in Geschrift brächten aus des Herzogen Munde, das also geschah.

Nach dem allem ward er oft und dicke gebeten von dem Kaiser um die zween Menschen von Arimaspi, die nur ein Auge hätten vorne an der Stirn, die er ihm zum Letzten, wie wohl nicht gar williglich gab. Da sprach der Kaiser zu ihm: »Nun, mit Austreibung alles Zweifels, hab ich, mein aller süßester Junge und liebster Sohn, grundlich gewußt und erfahren, daß ich dich bisher unrechtlich und wider Gott ungereuet und unvelschuldet beraubt habe Österreichs und bayerischen Landes, die dir von väterlichem Erbe waren Untertan und stunden deinem Gebieten zu Versprechen. Hierum, in Gegenwärtigkeit aller Fürsten, Herren und unser und des Heiligen Reichs Dienern, geb ich dir gänzlich und gar wieder auf und in deine Gewalt alles, das dir ungutlich ist genommen und in des Reichs Gewalt und kaiserlichen Nutz vormals gezogen. Und empfehl dich fürbaß wieder in deine bietliche Herrschaft, und will dich auch fürbaß in ganzen lieblichen Treuen halten, als meinen eigen leiblichen Sohn, und begehre, dich in künftigen Zeiten mit größern Ehren und Würden zu begaben, aller strenglichster Ritter. Du sollst auch in meinem Reiche nach mir und deiner Mutter der Ander sein, und ein Ausrichter und Regierer meines ganzen Hofes und Gesindes, und sei ihnen ein treuer Mithelfer, zu regieren das ganze Römische und Christliche Reich.«

Der fürstliche Herzog danket dem Kaiser mit großem demütigem Fleiße um viel Gutheit, Gnaden und Barmherzigkeit, die er ihm erzeigt hätte, mitsamt der Kaiserin, seiner Mutter, und allen Landesherren und edeln Rittern, die all dem Kaiser, von des Herzogen Begnadung wegen, fleißiglich Dank sagten.

Und also besaß Herzog Ernst wieder alles, das ihm der Kaiser hätt verheißen, und erzeiget wiederum gegen ihm in allen Sachen, Worten und Werken seine kindliche Treue, als seinem leiblichen und natürlichen Vater. Den glücksamen Stand und Wesen des Herzogen, die sich zumal an dem Ende gar wieder hätten verkehrt, als sie einen Anfang hätten – als man billig briefen mag und glauben soll – hat GOTT, der da mannigfaltige Wunderzeichen wirket durch Seine lieben Heiligen und aus erwählten Diener, also geschicket durch das Verdienen der tugendsamen Frauen Adelheiden. Als Er denn sonst viel andere Zeichen durch sie hat erzeiget, der selben etliche hernach also geschrieben sind.

Da die zart liebe und edel Frau und Kaiserin durch GOTTes Ehre ließ bauen das Münster und Gotteshaus in Salza, Sankt Benedikten Ordens, im Straßburger Bistum gelegen, darin sie lieblich begraben liegt, da hätte der Zimmermann die Balken all nach dem Gemäuer zu kurz abgeschnitten. Und da er forcht, ihm würde sein Leben genommen von der Kaiserin und ihren Dienern, da setzet er sich für, er wollt durch Flucht das Land räumen. Doch bedacht er sich zum Letzten, und empfing solich groß gut Getrauen in die milde Gütigkeit der tugendsamen Kaiserin Adelheiden, und verjähet ihr seine schädliche Unweisheit, und bekannte ihr auch heimlich seinen Willen und Fürsatz, wie er heimlich vom Land wollt weichen. Den tröstet sie gütlich, als sie denn allzeit sanftmütig war, und mahnet ihn, daß er um soliche seine Unfürsichtigkeit nicht hinweg schiede. Aber daß er wahrnähme, wenn etwann eines Tags die andern Arbeiter all wären abgangen, daß er ihr das verkünde. Des Trostes er zumal froh ward, und eines Tags, nach der Kaiserin Heißen, da die andern Arbeiter waren abgangen, da berief und fordert er die Frauen selbst zu dem Baue. Als nun die Kaiserin einen jeglichen Balken nahm zwischen ihre Hände an einem Ende, und das ander Ort der Zimmermann, und jedwedes an sich zog – und wie wohl, daß der Baumeister soliches Heißen der Frauen des ersten hätte für ein unsinnig Gespötte so zugen sie doch die Balken, daß sie allesamt lang genug wurden.

Eines andern mals bot die Kaiserin einem armen lahmen Menschen, der daheim in seinem Häuslin war, einen Apfel, davon er von Stund an gerad und gesund ward, und sprang auf und ging, dahin er wollt, ohn all Hindernis.

Die selbe tugendsame Frau hätt Gewohnheit, daß sie, von großer Demütigkeit wegen, die Brosamen heimlich auf dem Tische aufklaubet und aß. Das merkten etliche böse Menschen, ihre Diener, und kehrten das zu dem Bösesten, darzu sie selbst geneiget waren, und sagten das heimlich Kaiser Otten. Eines Tags ob seinem Tisch begriff sie der Kaiser in solichen verklagten Sachen, die er selbst nun sah. Und sprach mit Zorn gar untugendlich zu ihr: »Was hast du in der Hand?« Da antwortet sie gütlich und sprach: »Lieber Herre, es sind Weinbeerlin.« Und als sie die Hand auftät, da waren die Brosamen in Weinbeerlin verwandelt worden.

Der oftgemeldte Kaiser Otte wollt einsmals bewähren, ob ihn die Kaiserin Adelheid recht von Herzen lieb hätte. Also gebot er ihr, sie sollte sich nackend vor ihm ausziehen, daß er sie mit Ruten schlüge. Und als sie, nach des Kaisers Gebote, den Mantel abtat und von sich warf durch oder in der Sonnen Schein, da behielt der Sonnenschein den Mantel ob der Erden als einen Schirm. Nun das Kaiser Otte sah, da leget er von sich alle zornliche Gebärde und Freidigkeit und bat sie um Ablaß und Vergebung.

Auch einsmals, da sie neben dem Kaiser saß, da verstund sie durch den Heiligen Geist, daß die Kirche zu Augsburg, die ihrer nächsten Freunde einer hätt angefangen zu bauen, niederfiele. Da seufzet sie gar hoch von ganzem Herzen. Und als sie, nach viel Fragen des Kaisers, warum sie also seufzet, ihm saget den Niederfall der Kirchen zu Augsburg, da merket der Kaiser durch Geschrift den Tag, Stund und Zeit, als die Frau der Kirchen Fall hätt verkündet, und sandte ohn Verziehen einen gewissen Boten schnelliglich gen Augsburg. Der fand, daß die Kirche war niedergefallen auf den Tag, Stunde, Zeit und Weile, als denn die Kaiserin hätt gesagt und verkündt. Hierum, als man sagt und auch billig war, hätt sie der Kaiser und alle die Seinen fürbaß in größern Ehren, denn vor je.

Desgleichen möchten wir noch viel bewährter Zeichen hie beschreiben und sagen, die GOTT der Herre durch Seine würdige Dienerin gewirkt und getan hat. Und möchten das von überflüssiger Wahrheit wohl tun. Doch wollen wir das, von Verlängerung wegen, die da ist eine Mutter der Verdrossenheit, unterwegen lassen, und das Säumende dieses Werkes hie einflechten

Und sollen all bitten den milden Wiedergeber der Tugend und des Lohnes der edeln und heiligen Frauen Sankt Adelheid, daß Er uns, um ihr und andrer Seiner lieben Heiligen Verdienen, verleihe Gesundheit Leibes und voran der Seelen.

111

Des Dreifaltigkeit der Personen und Ewig einwaltiges
Wesen und Tugend wir glauben immer ohn Ende,
Der uns allen Seine milde Barmherzigkeit sende.
Amen.

Nachwort

Kaum ein Jahrhundert der mittelalterlichen Epoche sah die abendländische Welt so in ihren Tiefen aufgewühlt als das zwölfte. Seit mehr als fünfzig Jahren fluteten die Scharen der Kreuzfahrer die Donau hinunter: Pilger, Fürsten, Ritter und reisige Knechte. Und wenn sie, von religiöser Begeisterung trunken, heimkehrten, schwindelnd vom hellen Licht und den Zaubern dieser neuen Welt, die in Nacht versunken vor den Augen Europas geschlafen hatte und nun in Duft und buntem Farbenspiel aus den Augen und Herzen der Heimkehrenden strahlte, da stiegen auch den Daheimgebliebenen funkelnde Glanzessterne auf und spiegelten sich in Liedern und Märchen.

Es mag ein Fahrender gewesen sein, ein niederrheinischer Spielmann in der Nähe Heinrichs des Löwen, der in dieser Zeit die Lieder von deutschen Fürstensöhnen, die im Kampf gegen den höchsten Herrn der Christenheit wacker gestanden, mit wunderlichen Reisemärchen uralter, antiker oder orientalischer Herkunft zusammenschmolz zu der Sage vom Herzog Ernst. Dabei traten die ethisch stärksten Motive jener alten Lieder: der rebellierende Kaisersohn, der um seinen Freund in den Tod ging, die tragische Stellung einer edeln Frau zwischen Sohn und Gatten, in den Hintergrund, und alles Licht, das hier ausstrahlte, floß aus dem Charakter eines neuen idealen Helden, den der Dichter seiner Zeit vor Augen zu stellen hatte: den deutschen Mann, trotzig und starknackig, der, immer sich selber treu und heimischer Art, diesen Charakter hinausträgt, in allen Wundern und Gefahren seine Haltung bewahrt, deutsche Art und Sitte auch unter Riesen und Zwergen heimisch macht, als ein frommer Christ an den heiligen Stätten betet und als ein großes Kind, das Herz voll Jammer nach der süßen Heimat, mit den Zeugen seiner Abenteuer heimkehrt.

Das ist, recht und schlicht, mit kindlichem Staunen gesehen und ohne große Kunst, aber nicht ohne einen glücklich naiven Ton und starkes Gefühl für das Logische und Schickliche und mit köstlicher Freude an einzelnen Situationen dargestellt.

Der erste Teil der Sage: Herzog Ernsts Aufstand, hat zwei Ereignisse, über die der Dichter wohl selbständige Sagen oder Lieder vorfand, miteinander verbunden: den Aufstand Liutolfs, Herzogs von Schwaben und Bayern, gegen seinen Vater, Otto den Großen. Der Aufstand endigte 954 mit der Eroberung Regensburgs und einer Versöhnung. Dann die Revolte Herzog Ernsts II. von Schwaben gegen seinen Stiefvater Konrad II., die mehrere Jahre lang Süddeutschland beunruhigte und 1030 mit Niederlage und Tod der Empörer ausging. Es trat also »wegen ähnlicher Verhältnisse an Liutolfs Stelle Herzog Ernst II. von Schwaben, aber der minder sagenberühmte Konrad II. vermochte den größern Otto nicht in der Sage zu verdrängen, daher die meisten Beziehungen aus der Geschichte Ottos entnommen sind.« (Bartsch.)

Die Sage fand vom 13. bis zum 15. Jahrhundert mehrfache Bearbeitung in deutschen und lateinischen Versen; auch eine stark gekürzte lateinische Prosa ist überliefert, und aus ihr ist, durch Übersetzung, das deutsche Volksbuch entstanden. Die älteste Handschrift des Volksbuches steht, mit der lateinischen Prosa zusammen, in einer Münchener Papierhandschrift (cod. germ. 572) und gehört, nach dem Urteil von Karl Bartsch, ihrem Herausgeber, in die zweite Hälfte des 15. Jahrhunderts. Sie liegt auch dem ältesten Volksbuchdrucke (ohne Angabe von Ort und Jahr, doch von den Bibliographen als ein Druck der A. Sorgschcn Offizin in Augsburg, gedruckt um das Jahr 1480, bestimmt) zugrunde. Alle spätem Drucke sind Nachdrucke dieses einen. (Hain 6672.)

Unsere Ausgabe folgt dem von Bartsch[1] veröffentlichten Texte, indem sie nur an solchen Stellen, die heute unserm Verständnis widerstreiten, schonend eingriff, sonst aber den wohlklingenden Laut und Rhythmus der alten Prosa – die allerdings, um ihre rechte Wirkung zu tun, laut und mit kräftigem Herausheben der Satzgliederung gelesen sein will – mit Treue bewahrte. Die hier zum erstenmal nachgebildeten Holzschnitte schmücken den oben zitierten Erstdruck des Volksbuches. Leo Baer[2] hat sie beschrieben und dem von ihm so genannten »Meister des Sorgschen Alexander« beigelegt. (Um sie dem Format dieser Ausgabe einzupassen, mußten sie

---

[1] Bartsch, Herzog Ernst, Wien 1868, Seite 229-305.

[2] Baer, Die illustrierten Historienbucher des 15. Jahrhunderts, Straßburg 1903, Seite 48-49, Tafel X und XI.

um ein geringes reduziert werden. Die Originale messen, im Durch-
schnitt, 82 : 110 mm.)

Über tredition

Eigenes Buch veröffentlichen

tredition wurde 2006 in Hamburg gegründet und hat seither mehrere tausend Buchtitel veröffentlicht. Autoren veröffentlichen in wenigen leichten Schritten gedruckte Bücher, e-Books und audioBooks. tredition hat das Ziel, die beste und fairste Veröffentlichungsmöglichkeit für Autoren zu bieten.

tredition wurde mit der Erkenntnis gegründet, dass nur etwa jedes 200. bei Verlagen eingereichte Manuskript veröffentlicht wird. Dabei hat jedes Buch seinen Markt, also seine Leser. tredition sorgt dafür, dass für jedes Buch die Leserschaft auch erreicht wird.

Im einzigartigen Literatur-Netzwerk von tredition bieten zahlreiche Literatur-Partner (das sind Lektoren, Übersetzer, Hörbuchsprecher und Illustratoren) ihre Dienstleistung an, um Manuskripte zu verbessern oder die Vielfalt zu erhöhen. Autoren vereinbaren direkt mit den Literatur-Partnern die Konditionen ihrer Zusammenarbeit und partizipieren gemeinsam am Erfolg des Buches.

Das gesamte Verlagsprogramm von tredition ist bei allen stationären Buchhandlungen und Online-Buchhändlern wie z. B. Amazon erhältlich. e-Books stehen bei den führenden Online-Portalen (z. B. iBookstore von Apple oder Kindle von Amazon) zum Verkauf.

Einfach leicht ein Buch veröffentlichen: **www.tredition.de**

Eigene Buchreihe oder eigenen Verlag gründen

Seit 2009 bietet tredition sein Verlagskonzept auch als sogenanntes "White-Label" an. Das bedeutet, dass andere Unternehmen, Institutionen und Personen risikofrei und unkompliziert selbst zum Herausgeber von Büchern und Buchreihen unter eigener Marke werden können. tredition übernimmt dabei das komplette Herstellungs- und Distributionsrisiko.

Zahlreiche Zeitschriften-, Zeitungs- und Buchverlage, Universitäten, Forschungseinrichtungen u.v.m. nutzen diese Dienstleistung von tredition, um unter eigener Marke ohne Risiko Bücher zu verlegen.

Alle Informationen im Internet: **www.tredition.de/fuer-verlage**

tredition wurde mit mehreren Innovationspreisen ausgezeichnet, u. a. mit dem Webfuture Award und dem Innovationspreis der Buch Digitale.

tredition ist Mitglied im Börsenverein des Deutschen Buchhandels.

Dieses Werk elektronisch lesen

Dieses Werk ist Teil der Gutenberg-DE Edition DVD. Diese enthält das komplette Archiv des Projekt Gutenberg-DE. Die DVD ist im Internet erhältlich auf **http://gutenbergshop.abc.de**